2
月夜涙
畫 れい亜
世界頂尖的暗殺者轉生為異世界貴族
The world's best assassin,
To reincarnate in a different world aristocrat
Kadokawa
Fantastic
Novels

† 盧各
被稱為神童的暗殺世家長男。投胎前是世界頂尖的暗殺者，能將前世的那些知識、經驗與魔法並用。
† 艾波納
歷屆最強，但在心靈上也最不穩定的勇者。

†瑪荷
在盧各創設的化妝品牌擔任代理代表。從資金、物援、情資收集等方面為盧各他們提供後援。
†諾伊修
四大公爵之一的凱菲斯家長男，才華洋溢又努力不懈的帥哥。
†塔兒朵
盧各的專屬女僕兼暗殺生意的助手。對收留自己的盧各有依存傾向。
†蒂雅
鄰國的貴族千金，魔法才華在人類中達頂尖之譜。

Contents

The world's best assassin,
to reincarnate in a different world aristocrat

常人不可能同時拿二十挺火槍進行瞄準，
但是對我這靠著【極限突破】而沒有
成長瓶頸的腦袋來說就輕而易舉——

「【槍口齊射】。」
Fullfire

世界頂尖的暗殺者轉生為異世界貴族 2

The world's best assassin, To reincarnate in a different world aristocrat

月夜涙

畫 れい亜

Kadokawa Fantastic Novels

彩頁、內文插畫／れい亜

Prologe

序章　暗殺者迎來新的家人

The world's best assassin, to reincarnate in a different world aristocrat

早上睡醒，左臂有溫暖的觸感，我轉向那邊。

「盧各少爺，你怎麼這樣，不可以～～」

塔兒朵說著夢話，一邊摟緊我的手臂。

十四歲就長得豐腴柔軟的金髮美少女。

塔兒朵是在小時候被家人當成飯桶而遺棄於山裡。

這件事成了她的心靈創傷，偶爾會導致情緒不穩。所以當她承受不住寂寞時，我都會陪她一起睡。

因為人的體溫有安撫之力。

「妳到底在作什麼樣的夢啊？」

看著她幸福似的睡臉，連我都會覺得幸福。

這陣子，我們一起睡的頻率變高了。

我曾擔心塔兒朵是否精神不穩，卻發現她好像只是把這當成撒嬌的藉口。

原本應該要予以告誡，但是像這樣跟塔兒朵同寢的感覺不壞，因此我是默許的。

畢竟這女孩拚了命地為我付出，昨天又特別賣力。

我希望能縱容她的這點任性。

「塔兒朵，醒醒。」

我克制住想多看睡臉的念頭，晃了晃她的肩膀。

再不起床，會來不及準備早餐。

塔兒朵微微睜眼，然後放開我的左臂撐起上半身。

「盧各少爺，我最喜歡你了。」

這次，她口齒不清地朝我的腰摟了過來。

由於塔兒朵穿著睡衣，身上只有薄薄的布料，我再怎麼不情願也會意識到她那發育良好的身材。而且，她還進一步開始用臉頰磨蹭我的胸膛。

「我知道妳最喜歡我，但是能不能放手？」

「有什麼關係嘛。直到剛才，我們還在做那樣的事耶。」

「我可不曉得妳在說什麼。」

「至少，在夢裡跟少爺撒嬌又不會怎……好痛。」

我捏了塔兒朵的臉頰，她就變得淚眼汪汪。

「夠啦，妳也該醒過來了。」

「奇、奇怪，難道說，這不是夢——」

「早安，塔兒朵。」

「唔……啊哇哇哇哇，盧、盧各少爺，不、不是的，我剛才並沒有……呀啊！」

塔兒朵滿臉通紅地急忙放手而坐倒，還直接往後退摔下床。

雖然不該讓人看到的部位全都見光了，她本人卻好像顧不得那些。

「呃，不是的。我會這樣是因為……」

「我明白啦，睡昏頭的經驗任誰都有。重要的是，妳看看時鐘。」

「……啊，得快點準備才行。」

塔兒朵的臉由紅轉青，然後就打開我的衣櫥，從中拿出了傭人服。

轉身背對我以後，她便開始換衣服。

我們像這樣一起睡的頻率並不低，因此房裡有擺幾套她的衣服。

「那、那麼我走了！盧各少爺，之後請再讓我為早上的事情道歉！」

回頭望去，只見塔兒朵換上平時的傭人服以後就飛快離開。

「第一次看到塔兒朵睡昏頭變成那樣。」

她算滿容易清醒的。

肯定是昨晚逞強造成了影響吧。

塔兒朵體力透支，支援趕去蒂雅身邊的我，之後還一直等著我們回到領地。

……話說回來——

「身體到這個年紀，果然會變成將理性和本能區隔開來的生物。」

我發出嘆息。十四歲是青春期，換句話說，在性慾高漲的時期只穿了單薄衣物就抱過來的塔兒朵，其柔美體態和氣味都對我有礙。

我的身體起了顯而易見的反應，也感受到有那方面的慾望湧上。

……我是那孩子的師父，同時也以父親、兄長的立場在對待她。

我不希望對塔兒朵展現男人在那方面的毛病而辜負她的信賴。

必須更加小心才可以。

◇

我在一如往常的時刻前往客廳。

父母還有蒂雅已經坐在座位上。

「早安，小盧。你看看，我把舊衣服讓給小雅了，合適吧？」

「十分嬌憐可人，蒂雅很適合白色。」

蒂雅穿著白色薄料的高雅夏用禮服。

她的白皙肌膚與銀髮跟白色衣裳搭配得正好。

「謝謝，不過，有點難為情呢。我好久沒穿這種女生味的衣服了。」

「呵呵呵，小雅穿我的衣服果然合身。換成塔兒朵的話，先不談身高，胸前太雄偉就沒辦法當換裝玩偶……咳，就沒辦法替她好好打扮了，真遺憾。」

「呃，媽也有替塔兒朵縫製衣服吧，完全暴露出品味的衣服。」

「每套衣服都要從頭做起不就沒辦法多做嘗試了！不過，既然小雅穿得下我的衣服，就可以盡情試裝、盡情挑選嘍！」

母親對塔兒朵疼愛有加，還會用拿手的針線活替她做衣服。

「我問你喔，盧各，塔兒朵是誰？」

蒂雅稍稍板起臉孔問道。

「我的專屬傭人兼徒弟與助手。能力優秀，個性乖巧，而且相當賣命地為我付出。去救妳的時候，她也盡了全力協助。說人人到，塔兒朵本人似乎已經來了。」

塔兒朵從廚房過來配膳了。

首先，要將飲料端給所有人。今天是現榨的蘋果汁。

「原來那個女生就是塔兒朵。」

「是啊，沒有錯。塔兒朵，過來向蒂雅問候。」

「好、好的。我是盧各少爺的專屬傭人，名字叫塔兒朵。我也有擔任助手。」

「我叫蒂雅，請多指教喔。還有，謝謝妳。」

「不、不會。因為我是盧各少爺的助手。」

「哦～～看來妳喜歡盧各呢。」

「咦？不，那個，我非常尊敬少爺，也很喜歡他。不過，並不是妳想的那樣。」

塔兒朵慌了，蒂雅卻沉著以待。

「這沒什麼好掩飾的，妳也不用顧慮我喔。畢竟盧各是貴族，會有一兩個小妾也是理所當然。」

蒂雅身為貴族，因此對這方面有所理解。

假如只有一名妻子，就會有生不出繼承人而讓家門絕後的風險。

即使生出小孩，也不保證孩子在繼任貴族前都能平安。

身為貴族，多娶妻多生子以備繼承反而是常識。

「哪、哪的話，蒂雅小姐說笑了，我只要能待在盧各少爺身邊就夠了。」

「那就叫作喜歡啊。盧各真幸福呢，有這麼可愛的女生愛慕。」

「是啊，我對塔兒朵一向心懷感謝。」

「啊唔。那、那個，我立刻把吃的端過來。失陪了！」

臉紅的塔兒朵跑回廚房。

蒂雅目送她之後就變得神情嚴肅。接著，她看向父親。

「這次勞煩圖哈德家為了維科尼家戮力相助，萬分感謝。祈安大人，盧各少爺，由於我幾乎是一無所有地來到此地，能奉上的只有這點薄禮，還請笑納。」

蒂雅把鑲有大顆寶石的戒指遞給父親。

……她聲稱的薄禮卻是國寶級貨色。

變賣後的獲利足讓一家三代豪遊度日。那根本不是有錢就能買到的東西。

「這我不能收。這是妳母親的遺物吧……謝禮就免了，我很久以前就從維科尼伯爵那裡收到了。更何況，實際動手的小兒也說他只是守住了與妳之間的約定。」

「我明白了……那麼，能不能請您當成學費收下呢？」

「學費？」

「請教我暗殺術，圖哈德家的暗殺術對我而言有必要。我發覺光是魔法用得巧還不夠。所以，拜託您了。」

這次的事情，肯定讓蒂雅深切體會到了自己有多無力。

蒂雅身為伯爵千金，有受過全套的戰鬥訓練。

可是，她為了更上層樓而要追求圖哈德家的技術。

說不定蒂雅是希望為她潛身蓄勢的父親提供助力。

「圖哈德家的技藝通常只傳授給嫡系。不……無妨吧，蒂雅會成為我的女兒，所以有資格。關於這些事，我們用完早餐再談。可愛傭人好不容易煮的湯會冷掉的。」

塔兒朵端了盛湯的盤子過來。

那是魚湯，有讓人食指大動的香味飄來。

「我也贊成。塔兒朵煮的菜餚最好趁美味時享用。」

「我知道了啦。那麼，用餐過後再說嘍。」

先吃飯。

接著父親會告訴蒂雅，她將成為我的妹妹，還有往後的安排。

五年前，在亞爾班王國開始的新嘗試。

以貴族為中心，年輕的具備魔力者將聚集一處，培育友情，並且切磋琢磨。

之所以要蒂雅當我的妹妹，也是為了讓她跟我一同到那個地方。

Episode1

第一話——暗殺者被告知新生活

The world's best assassin, to reincarnate in a different world aristocrat

塔兒朵配膳完之後，就跟往常一樣守在我後頭。

我也想跟她一起吃飯，但是那樣對其他傭人來說難成表率。

早餐的主食是用從領地裡的湖泊抓來的魚製成魚乾所煮的湯。

「盧各，我沒看過這種魚耶。這叫什麼魚呢？」

「這是盧南鱒，味道可口，體型大而耐嚼，所以在圖哈德領常拿來食用。」

「哦，聞起來好香。」

蒂雅看了內含大塊魚肉切片的湯，便感到佩服。

「趕快開動吧。與其口頭說明，用嘴巴嚐更能了解菜餚。」

「嗯，說得也對。我好期待。」

我品嚐塔兒朵為所有人煮的湯。

加了滿滿魚肉切片和根菜的魚乾熬湯堪稱一絕。

擠些許檸檬汁進去是圖哈德流的提味祕方。

這本來是母親的拿手好菜，而她傳給了塔兒朵。

一邊享用湯，一邊將早晨現榨山羊奶做成的奶油塗上麵包來吃。

而且麵包也美味。製作乳化劑賣給化妝品牌歐露娜時，將多出來的大豆渣摻入麵團烘焙的大豆麵包，香郁營養味道好。

這是由我構思的目前正在圖哈德領流行的新名產。

潤喉的則是蘋果汁，用了當季的蘋果榨成。

今天的菜色全是用圖哈德領取得的素材，並且運用其優點烹調而成。

我也喜歡都市的豪華料理，但是圖哈德的菜比較合我胃口。

「好好吃，圖哈德的餐點依舊樸實又美味呢。」

「圖哈德就是這樣的領地。正因為如此，我才喜歡這裡。」

與大地共生，名實相符的豐饒領地。今日我也飽嚐其恩惠。

用完餐點以後，父親開口說：

「這頓飯也告一段落了，來談談今後的安排吧。蒂雅要以蒂雅．維科尼的身分活下去會有困難。」

「嗯，這我曉得。畢竟我是逃亡之身。」

「因此我替妳準備了新名字與戶籍，克蘿蒂雅．圖哈德，我要妳用盧各妹妹的身分過日。」

「咦，我十六歲了耶。明明比盧各年長，卻要當他的妹妹。」

「我了解。不過，我這裡能準備的戶籍只有這個能用。現在要另外張羅也不是沒有辦法……但是即刻弄出來的產物必然會有破綻。就這點而言，克蘿蒂雅的戶籍是從十四年前便安排好的，不會有破綻。」

這個戶籍是設想到某種局面而準備的【保險】。

「可是，說我十四歲會不會怪怪的呢？不會被人懷疑嗎？」

母親拍了拍看似不安地嘀咕的蒂雅的肩膀。

「不要緊。妳個子矮，又有張娃娃臉，胸部也小巧玲瓏，要說是十二歲也能讓人信得過！」

「……話說成這樣還滿傷人的耶。倒不如說，我才不想聽明明已經超過四十歲，感覺卻還是可以自稱二十多歲的人說這些！」

「維科尼家的血統就是如此啊。不過，也不是只有壞處喔。到我這個年紀，身邊的朋友肌膚都會失去彈性，許多部位會跟著垂下來，問題可大了，但我們就輕鬆得很。」

外表異常年輕的母親講這些話便有說服力。

……說不定，蒂雅也跟母親一樣，無論過多久都不會老。某方面而言，那比魔法更神祕。

「我會發育的！畢竟我的個子和胸部都比去年多長了一點點！」

「呵呵呵，別抱有期待比較好喔。因為我也是那樣……」

母親憑著經驗者的餘裕說道。我想母親本身肯定也吃過一番苦頭。

「咳，能不能讓我繼續談下去？」

父親清了清嗓子，讓眾人再次把注意力轉向他。

……順帶一提，母親的外表異常年輕也讓父親嘗到了苦頭。出席派對之類的場合，他帶著長相太年輕的母親走動就會被說三道四。

「我讓蒂雅冒稱十四歲，還有另一個理由。在亞爾班王國這裡，具備魔力者從十四歲的夏天到十六歲的夏天要就讀王立騎士學園。貴族是強制參與，平民則會有具備魔力的志願者入學。」

「亞爾班王國的王立騎士學園，我有聽說過喔。」

由於有一定的知名度，似乎連司奧夷凱陸王國的蒂雅都聽聞過校名。

「嗯，如妳所知，軍事力強弱端看能湊到多少具備魔力者。然而，光是具備魔力並不能派上用場。訓練所有具魔力者，好讓他們在出事之際算得上戰力……這是表面上的目的。」

具備魔力者是強大的。

光是將魔力纏身，就能彈開普通士兵的劍與弓箭，半吊子的攻擊對其不管用，倘若揮劍更能連人帶鎧砍成兩段。

但就算這樣，未經訓練的外行人還是無法充分發揮其力量。

正因如此，才要花兩年時間訓練所有具備魔力者。

對常備軍規模小，在出事之際大半戰力都得向國內貴族徵召的亞爾班王國來說，預先將具備魔力者鍛鍊到堪用狀態，有莫大的意義存在。

「您說那是表面上的理由，代表還有真正的理由嘍？」

「嗯，亞爾班王國的貴族有著強烈自立心。他們並不認為自己是在侍奉亞爾班王國，甚至有在各自領地自封為王的跡象。之所以如此，是因為貴族們世界觀狹隘，從父母那裡也受了這般教育。正因為這樣，才要讓他們認識同年紀的貴族拓展世界觀，同時藉教育賦予其應當效忠國家的理念。這是從五年前開始推行的措施，但效果已經出現了，至少新一代貴族思考事情的角度就變得比舊世代更加多樣化。」

我倒認為五年前創立的這套制度目的是以後者為主。

「原來如此，所以貴族要強制入學，而平民只收志願者嘍。我必須冒稱十四歲，是因為十六歲會等於忽視了校方強制入學的要求。」

「答得漂亮。如果妳十四歲，就能趕上在今年入學。下個月起，妳可以和盧各兩個人去學園進修。」

還有，儘管父親並未當場提及，但是與我同年的勇者出現了。

他，或者她，必定會出現於學園。

身為同窗就能輕鬆接近勇者。

……有兩年期間可以盡情分析勇者的能力。而且，和他交朋友有助於暗殺。

「我懂了，我會當盧各的妹妹。不過，感覺有點遺憾呢……因為，我本來是希望將來可以成為盧各的新娘子。」

蒂雅哀傷似的投以微笑，父親則是偏過頭。

「關於這一點，為什麼你們成了兄妹就非得放棄結婚？」

「咦，您在說什麼？有兄妹關係耶，這樣怎麼可能結婚嘛。」

「小雅，我才想問妳在說什麼，兄妹結婚在亞爾班王國是很普遍的喔。」

母親也一樣偏過頭表示不解。

沒辦法，我就來補充吧。

「蒂雅，亞爾班王國將生育具備魔力者視為第一要務。父母若不是具備魔力者，子嗣擁有魔力的機率就會下滑。貴族有一定程度的勢力，便能夠找到具備魔力的伴侶，否則就必須付錢給弱勢貴族，單要對方協助生小孩。如果連這樣都辦不到，只好找親人解決了。」

「付錢生小孩？意思是他們會付錢做那種事情？還有找親人解決，就是指兄妹之間也會？」

「是啊，正因為如此，貴族近親成婚在這個國家是被認同的。」

蒂雅的臉一會兒紅、一會兒綠，嚇都嚇壞了。

「可以跟盧各結婚固然令人慶幸，但我總覺得心情好複雜。」

「以我們的情況而言，沒有血緣就好啦。根本也沒必要對外界宣稱我們是兄妹。」

到頭來，這就是結論。

「我懂了！那麼，我也不會放在心上。然後盧各，我可不會叫你哥哥！」

「明明妳以前就會逼我叫妳姊姊。」

「因為我年長啊！另外，你現在也還是可以叫我姊姊喔。」

感覺相當馬虎了事。不過，她能接受自然最好。

父親看似滿意地點頭。

「那便這麼辦，蒂雅成了盧各的妹妹，也成了我的女兒。妳可以叫我爸爸。」

「那麼小雅，請妳要叫我媽媽喔！我本來就希望有個女兒。」

「才不要。那樣叫的門檻非常高耶。」

就這樣，蒂雅成了我妹妹。

「妳學暗殺術要向盧各求教。既然是圖哈德家的嫡系就有資格學。畢竟你們下個月要去騎士學園，由我教一個月就半途打住難免讓人憂心。換成盧各來教，妳到了那邊還是能繼續學吧。」

「我明白了。我會負責把暗殺術灌輸給蒂雅。」

我原本就認為蒂雅有必要訓練，畢竟我們接下來會成為團隊。

……更重要的是，既然要去學園進修，表示性慾跟猴子一樣旺盛的年輕雄性也會聚集在那個地方。

我是打算保護蒂雅遠離他人魔掌，不過蒂雅若沒有能力保護自己，事情便有萬一。

所以說，我要澈底鍛鍊她。

「呃，盧各，你的臉色有點恐怖耶。」

「我在想訓練的課表。放心吧，我會負責讓妳變強。」

「麻煩你要手下留情喔。」

「好，我會注意不讓妳操勞過度。」

沒錯，來挑戰看看不至於操勞過度的最高效率吧。

接下來，我們會在一個月後出發去學園。

要忙的事情不只訓練，有些東西得在入學前先買齊。

下次，我們「三個」就到穆爾鐸採購好了。

那裡應該貨色齊全，再說我還有必須用伊路葛身分過去處理的事情。

◇

搭馬車前往商業都市穆爾鐸。

從圖哈德領搭馬車要花上幾天的距離。

不過那樣太費時間，因此我下了工夫硬是讓我們用一天就能抵達。

「快得難以相信這是真的呢。經過的人都一臉震驚地看我們這邊耶。」

「我將醫療魔法稍微做了應用，靠魔法來強化馬的體能並且回復體力，何況每次路經城鎮都可以換馬。有錢和魔法就能像這樣強橫行事。」

「……總覺得，這已經是別的生物了。啊，對了，盧各，抵達那邊以後，我們去約會吧。」

蒂雅靠過來撒嬌，對此塔兒朵羨慕似的看著。

順帶一提，我之所以繼續稱呼她蒂雅，是因為新戶籍的名字叫克蘿蒂雅，以簡稱來說依舊自然。

「假如妳不介意一邊買東西一邊約會，那就可以。這次出行的目的是採買騎士學園指定的物品。妳讀過信了吧？」

「嗯，讀是讀過了。有滿多東西讓人不明白要用在哪裡呢。」

蒂雅說著便拿出清單。

具備魔力的所有十四歲貴族都收到了信。

清單上有騎士學園的入學許可證，以及入學前非得帶去的東西。

「呃，盧各少爺，請問我也可以到學園讀書嗎？」

「當然了。我需要妳，塔兒朵。希望妳能待在我身邊。」

「……我好高興。少爺，我會加油的！」

只要具備魔力，連平民都可以申請到騎士學園就讀。

此外，貴族們限帶一名傭人隨行，而且傭人也被允許在課堂上陪讀。

以塔兒朵的情況而言，無論以平民或傭人的身分申請都能到學園就讀，不過以傭人身分申請可以得到許多通融，因此我選了後者。

「唔哇，盧各你就是這樣迷倒女孩子的啊。」

「……我跟塔兒朵講話並沒有那種意思。」

「我不是在責備你喔。你受異性歡迎，我也與有榮焉啊。」

就這樣，馬車疾馳而去。

先祈禱在穆爾鐸不會出亂子吧。

◇

抵達穆爾鐸了。

我第一次用盧各的身分來這座城市。在這座城市，我曾以伊路葛・巴洛魯的身分逗留過兩年左右。

路上有跟幾個熟人錯身而過，但是對方並未認出我，這實在有意思。

「先去看看運動服吧。畢竟要改下襬長度應該會花時間。」

我回頭這麼說，蒂雅卻不在。

塔兒朵苦笑著帶路說蒂雅在那邊。

「盧各，這是什麼呢？」

蒂雅著迷地望著小販在賣的甜點。

口水從她嘴邊滴下的模樣很是可愛。

讓麵團吸飽蜂蜜以後烤成麵包，再把果醬夾到裡面，因而有股甜美芬芳的香味。

「這是穆爾鐸的人氣甜點，名叫帕酪塔。可以選自己喜歡的果醬，滿好吃的喔。」

「是喔，那就非吃不可嘍……果醬有好多種類耶，真令人猶豫。好，我決定了，就選枇杷果醬。」

「塔兒朵，妳喜歡哪種果醬？」

「呃，我喜歡杏桃。」

「大叔，麻煩給我們藍莓、枇杷和杏桃口味。」

「這就來。小哥，你挺有一套的嘛，居然帶著兩個這樣的大美女出來約會。」

「羨慕吧？」

「對啊。羨慕過頭嘍，我要這樣招呼你！」

我打趣地朝對方笑了笑，攤販大叔便豪爽地一邊笑一邊在剛烤好的帕酪塔上面加了大把的果醬。

這應該是他招待客人的方式。我付了錢外加小費，然後把東西遞給蒂雅和塔兒朵。

「謝嘍，盧各。嗯，看起來好好吃！」

「對不起，感覺像我們在催少爺請客一樣。」

「不會，沒關係。反正東西便宜，我正好也餓了。」

我張口咬下帕酪塔。

摻了蜂蜜的麵團不只甜還能保濕，烤出來綿密潤口。

麵團味道較甜，果醬裡加的砂糖似乎就相對減少了，吃得出恰到好處的酸味，而且不膩。

果醬還下了其他特別的工夫，水果輪廓清晰明顯。

帕酪塔的攤販多處可見，有這種手藝的店家倒是難找。

身為商人的我發出細語，表示想將店鋪交給這位老闆掌管，而不是經營攤子。下次找機會向巴洛魯提議看看。

「好好吃喔！我本來還覺得這樣分量滿多的，可是感覺幾口就會吃光光。」

「是啊，嚇我一跳。真想知道這種果醬的做法，比我做給少爺吃的還要美味，讓人

有點不甘心。」

「或許這是穆爾鐸最可口的帕酪塔。」

「欸，盧各，分我一口藍莓，你那份感覺也很好吃。」

「如果妳肯分我一口枇杷的話。」

「啊，要交換的話，請兩位也算我一份。」

我們把各自的帕酪塔交換吃一口。枇杷和杏桃也都不錯。

……何況跟蒂雅還有塔兒朵輪著吃東西，給我的幸福感更勝於食物滋味。

一回神，周圍的視線都聚集過來了。

跟兩個美少女做這種事，即使不情願也會引人注目。

視線開始變得扎人了。去下一個地方吧。

◇

吃完東西以後，我們一邊逛攤子一邊繼續採購。

來這座城市的我在巴洛魯商會工作過兩年之久，主要的店家大致都心裡有數。品質頂級的貨色蒐購完畢了。對道具小氣會導致吃大虧。

「盧各少爺，衣服改下襬好像要傍晚才會完工。」

「這樣啊。買到的東西比想像中要好。」

「東西好歸好，不過以活動方便性來講，我還是覺得平時穿的衣服比較好耶。」

塔兒朵提到的平時，是指圖哈德家的暗殺裝。

信裡有寫到運動服只要活動方便就好，但是暗殺裝滿載了圖哈德的祕術，不能在人前曝光。

「圖哈德家的那套衣服，性能和穿著感固然是好，不過穿那樣還是讓人有點難為情耶，畢竟身體曲線被強調得好明顯。」

「沒有什麼好難為情的吧？蒂雅的身體就像妖精一樣嬌憐有魅力。」

這不是客套話。雖然蒂雅胸脯小，個子也不算高，但是那並非小朋友體型。修長苗條的模特兒體型，又有腰身。眾多女性應該會羨慕才對。

「唔唔唔，我不是對身材沒自信，而是不好意思被人看啊。」

「那就沒辦法了。追求活動方便無論如何都會變成那樣。」

活動方便就等於貼身。

會強調出身體曲線是在所難免。

「呃，盧各少爺，之後能不能給我一點時間辦私事？我有東西想買。」

「那倒無妨，妳要買什麼？」

「我、我想買的是內衣。因為長大了，換成在圖哈德領就不太容易買到這類東西，而且這裡的品質比較好……」

原來塔兒朵還在發育啊。

蒂雅看待害羞的塔兒朵的目光變冷漠了。這肯定是我的心理作用。

於是，我們來到今天的最後一間店。

為了買劍而來。

劍可以用魔法製作，而且性能恐怕優於穆爾鐸的任何店家。然而，那種貨色並不能在人前使用。

因此，我走進陳列出好手藝鐵匠所鍛之劍的店面。

一進入店裡就感受到視線了。

好似在打量我們這些人的眼神。

「這裡不是賣玩具給小鬼頭的店，你們回去吧……不對，看來你不是單純的小鬼頭，我可以賣你。這位小少爺，還有金髮的小姑娘，沒想到你們在這個年紀就能有如此的本領，實在驚人。」

體格結實而有著銳利目光的三十多歲男子賊賊地笑了笑。

之前我就聽說他會挑客人，沒想到這麼誇張。

「謝謝你。能不能請你也賣給蒂雅……這個女孩子呢？我接下來要鍛鍊她。」

「無妨，她也有相當本事。既然有你鍛鍊，大可讓她揮我賣的劍。」

……我對這個大叔說不出口呢。

我們買劍終究是課堂上要用，到了實戰就會換成性能更好的劍。對方擺了這麼大的架子，要是被他知道我們如此對待店裡的劍而鬧脾氣，就會不肯賣的。

「謝謝，我要選一選。」

我選起三人份的劍。

劍有適合於體格與手臂長度的種類。

比起性能，這部分反而重要得多。我拿起幾柄條件吻合的貨色，並端詳劍的做工。

挑好三人份的劍以後，便讓蒂雅和塔兒朵簡單試揮。

「啊，這柄很好揮耶。」

「我也覺得少爺挑得相當合手。」

「……不對，捆布不合適。將捆布換成柔軟材質，然後重新在劍柄綑上薄薄的一層比較好。你肯接這筆訂單嗎？」

「我正想提相同的建議。令人欣慰呢，有客戶對劍理解到這種地步。」

武器店老闆哼著歌，解開了劍柄的捆布，手腳俐落而細心地綑上更柔軟的材質。

「這樣就完成了。至於價格……」

他開的價格比普通的劍高兩倍多一點。

以這柄劍來講算公道。

我從懷裡掏出錢包付帳。

「謝謝。你讓我買到了好貨。」

「別客氣，你才讓我遇見了好顧客。下次再來光顧，我最歡迎識貨的客人上門。」

我以為自己對於穆爾鐸已經瞭若指掌，然而要說到白天的攤販也好，這家店也好，看來還是有好玩的店家與老闆存在。

◇

跟老闆閒話家常以後，我們來到外頭。

有三人成行的年輕男子朝這裡走來，讓我感到掛懷。

其中之一是有錢人……他正用全身聲明自己是特別的存在。

身分高貴的有錢人與兩名護衛的組合。

有錢人用大嗓門告訴另外兩人要買與自身相配的劍。說不定對方跟我們一樣在為前往學園做準備。

像這種貴族的公子哥會引發事端。

而他看見塔兒朵和蒂雅，眼神就變了，還一副盛氣凌人的德性。況且，連胯下都搭起了帳篷。

接下來的發展任誰都曉得。

即使我報上圖哈德之名，他大概也會駁斥：區區男爵家竟敢忤逆！然後硬是把蒂雅和塔兒朵帶走吧。

……我總不能用暗殺世家這一面威脅對方，話雖如此，即使說明自己對外身為醫生的立場與人脈，他應該也沒有腦袋能理解。

在立場的差異上無法靠爭論取勝，出手則會在之後構成問題。

那該怎麼做才好？

很簡單。在引發事端之前，先將禍根摘除就行了。

我加快腳步，走在塔兒朵與蒂雅前頭。

結果，我早一步跟跨大步衝著塔兒朵和蒂雅趕來的公子哥錯身而過。

錯身以後，胯下搭帳篷的公子哥才多走幾步就往前跌倒了。

兩名護衛臉色慘綠，急忙趕到公子哥身邊扶他起身。

這是我發射空氣彈打穿對方下巴，對他腦部造成震盪的結果。

靠些許工夫與訣竅掩飾高漲的魔力到出手那一瞬間，再從死角剝奪對方意識。

假如等他示意要帶走蒂雅和塔兒朵才這麼做，光憑狀況證據就會讓人起疑，但是搶先剝奪其意識便沒有任何問題。

領頭走了一陣子的我又跟蒂雅她們會合。

「盧各少爺，那個人突然倒下了耶。怎麼回事呢？」

「最近天氣熱，我看是中暑吧？」

曾有危險逼近她們倆，還有我出手解救這件事，都沒有必要提及。

那會干擾我們享受這座城市的風情。

「這樣東西都買完了呢。接下來怎麼辦？」

「我有安排地方過夜。今天慢慢休息，明天早上妳再跟塔兒朵兩個人去觀光。我有非忙不可的事情。」

「含糊的說詞。盧各，你是不是在瞞我什麼？啊，比如跟地方上的情婦見面？」

「……不是那樣的。我有工作。」

跟瑪荷見面或許是可以那麼解讀，但我的目的不只是見她。

「哦～～我知道了啦。那麼，塔兒朵，明天請多指教嘍。」

「好的，我曉得一大堆很棒的店，請蒂雅小姐期待。」

「嗯，我樂於見識。」

塔兒朵和蒂雅似乎打成一片了，這是再好不過。

順帶一提，我之所以要跟瑪荷見面，是因為聽說她終於獲得神器了。

……能弄到強大的武器純粹令人高興。

然而，我對調查神器所能獲得的情報更有興趣。畢竟只要成功解析，我甚至有可能親手打造出神器。

Episode2

第二話
暗殺者獲得神器

The world's best assassin, to reincarnate in a different world aristocrat

今天下榻的旅館是我在商會工作時得知的旅館。

假如要招待城外來的客人，據說挑這裡絕不會錯，住宿費在穆爾鐸亦屬頂級之譜。

相對地，店內服務周到，更重要的是餐點可口。

為了讓蒂雅她們開心，我花了大手筆。

吃完飯以後進房間。

裝潢美輪美奐，打掃無微不至，床單也平整硬挺，給人良好的印象。

「剛才吃的餐點真美味耶！酒類也有好多不認識的品牌，讓人眼睛一亮。我還以為自己吃慣奢侈的料理了，沒想到有這麼多東西是我沒吃過的，好雀躍喔！」

「因為穆爾鐸是港都啊，全世界的珍饈佳味都會聚集到這裡。穆爾鐸的地方菜色並不算多，然而能享受到全世界的料理就是這座城市的有趣之處。」

「哦，我對明天的觀光也開始期待了耶。」

「好好期待吧。這座城市不會讓旅客感到無聊。」

我跟蒂雅熱烈聊起明天的觀光規畫。

換成平時，塔兒朵都會加入對話，今天她卻始終顯得坐立難安。

「……盧各少爺，連身為傭人的我都過得這麼享受好嗎？我有點不自在。真不習慣被款待，會讓我心裡發慌。」

塔兒朵現在有打扮，並不是穿傭人服。那是來這座旅館前買給她的衣服。

圖哈德家的傭人服也很可愛，但我偶爾也想看看塔兒朵精心打扮過的模樣，就跟蒂雅兩個人一起挑了感覺適合她的衣服。

塔兒朵是個美少女，又打扮成千金小姐的模樣，走在街上讓許多男人都回頭看她。

「妳偶爾也要放寬心才行。每天一直做傭人的工作，應該會感到窒息吧。」

「我才不會因為照顧少爺而覺得疲累！」

「妳肯這麼說固然令我欣慰，但妳也需要屬於自己的時間……更何況，可以跟妳一起吃飯的機會實在不多。所有人一起用餐，果然比較開心。」

「跟我一起吃飯會讓少爺開心嗎……我好高興……那、那麼我今天就順從少爺的好意了。」

塔兒朵太過勤奮了，令人擔心。

偶爾要逼她休息才行。

「看你們倆這樣會讓人吃醋呢。總覺得，你們待在一起有種非常自然的感覺。」

「那、那個，因為我跟盧各少爺相處過很長一段時間。」

塔兒朵在害臊。她還是老樣子，不擅長面對這種逗弄人的詞。

或許是因為這樣，我們在閒聊時吃的點心沾到了塔兒朵的嘴邊，而她並沒有發現。

當下要是幫塔兒朵擦嘴，她會有什麼樣的反應呢？

我自覺到內心冒出要來個小小惡作劇的想法，一面拿起了餐巾。

◇

隔天早上，我再次將分開行動的事情告知她們倆之後就出發了。

我將頭髮染黑，戴上眼鏡，用填充物改變臉孔給人的印象。這是我身為巴洛魯商會的少東，伊路葛．巴洛魯的模樣。

目的地是巴洛魯商會的化妝品牌，歐露娜的總店。

總店的一樓是店鋪，二樓則有倉庫與事務所。

我從後頭進去，跟警備人員打了招呼走進店裡。

我爬上樓梯，朝應該有瑪荷在的辦公室敲了門。

「進來吧。」

「我回來了，瑪荷。」

「歡迎回來，伊路葛哥哥。好久不見呢，我一直在期待這天。」

面帶笑容迎接我的人，是過去我帶回來扶養的孤兒，同時也是負責於伊路葛・巴洛魯不在時幫忙掌管化妝品牌歐露娜的才女，瑪荷。

藍色的直髮潤澤亮麗，還上了一層淡妝。

筆挺褲裝也將她的知性魅力烘托得更為明顯。

儘管瑪荷跟塔兒朵一樣十四歲，待在那裡的她卻是個美麗的女性。

「瑪荷，妳還是一樣漂亮。」

「這句漂亮我心領了。伊路葛哥哥，那你想不想將漂亮的女人納為己有呢？隨時要碰我都可以喔。」

「我會考慮。」

我苦笑著在房間中央的沙發上坐下來。瑪荷跟塔兒朵不同，總是會直接對我講出這種話。

瑪荷倒了茶以後，來到我旁邊。

沒聞過的香味，我順從好奇心將茶含進口中。

「有意思的茶葉。」

「新航路開拓出來後從南方進口的。甘味與澀味均衡合宜，喝了能讓人放鬆。如果你中意，我也會送去圖哈德領。」

「這倒不錯。這陣子，在圖哈德領也有許多令人傷神的事。可以的話，給我生茶而不是焙煎過的好嗎？視處理方式似乎還能泡出更美味的茶。」

「我懂了。假如研究出更好的焙煎方式，就通知我。我想也該經營化妝品以外的項目了。」

異國的茶葉是珍貴品，自己享受固然不錯，還可以用於招待來賓。

我跟瑪荷一邊閒聊兼交流近況，一邊品茗。

「說來倉促，能不能讓我看看之前提到的東西？」

「哥哥真是急性子，我本來還想多歡談一陣子呢。你稍等。」

瑪荷走向金庫，從裡頭拿出了那東西。

那被老舊的布裹著，還能感受到顯示其並非凡物的魔力。

瑪荷解開布包，有個染成紅藍雙色的小小皮囊。

「這就是神器嗎？」

「是啊，它被稱為【鶴皮之囊】，好像不太有用途，花錢就到手了。」

神器除了武器以外，還有各式各樣的道具，這似乎也是其中之一。

「沒用途？光聽說明，我倒覺得這是了不起的玩意兒啊。」

「單看功能的話確實是極品喔。」

瑪荷一邊說一邊把所有茶具都收進了那個皮囊。

茶壺、茶葉罐、茶杯、裝茶點的籃子、牛奶壺。

只裝這樣還不夠，她連整疊厚厚的資料，甚至椅子都塞了進去。

「注入魔力，就能任意增加容量的魔法皮囊，而且重量不會改變。在物流方面可以說是打破常規呢。」

「世上商人們無論花多少代價都會想要的珍品。」

「……功能上來說是如此。可是，它有致命的缺點喔。伊路葛哥哥，你冷靜思考看看，這等寶物，你覺得能在不影響歐露娜經營的金額範圍之內買到嗎？」

我搖頭。

歐露娜代理代表是個不小的頭銜，瑪荷能動用的資金相當龐大。

可是，這樣還不夠。

「我不認為。比方講，巴洛魯就會開比我們高三倍的價。憑他的本事想必兩年內便能回本。要是得跟巴洛魯等級的商會搶這東西，我們並無勝算。」

「正如哥哥你說的喔。之所以沒變成那樣，是因為這有致命的缺點。如果不持續注入可觀的魔力，它便裝不了多少東西，而且在停止供給魔力的瞬間就會變成這樣。」

一瞬間，皮囊裡的東西全撒出來了。

「……原來如此。非得具備魔力者才能使用，要源源不絕地注入魔力也很費勁。能不能借我看看？」

「好啊，你請便。」

我試著將魔力灌入【鶴皮之囊】。

透過灌輸魔力，我大致可以掌握容量增加了多少。

一個普通的具備魔力者應該要釋出全副魔力，才總算能增加到一輛馬車的容量吧。

常人若以全力釋出魔力，會累得連三分鐘都撐不住。

假如普通的具備魔力者要正常運用這東西，頂多就是當一個背包來用。

那樣的話，拎個背包會比較省事。

「這下我都懂了，難怪那些商人不想要。」

「做生意怕是用不著。不過，換成伊路葛哥哥……換成暗殺者就有用途。」

「是啊，我就用得上。我要把這當寶貝來用。」

對暗殺者而言，可以將武器帶在身上而不讓人起疑會是一大優勢。

話是這麼說，只把這用來藏武器就太暴殄天物了。

對於魔力量達常人千倍以上的我來說，恆久負擔這筆魔力並沒有多大問題。

然而，中斷片刻就會讓內容物撒出來這一點相當恐怖。

不，等等。

「或許可以用那個。」

我從手提包裡拿出琺爾石。

這是我當成武器隨身攜帶，內含三百人份魔力的寶石。

我都把這當成炸彈使用，但是也可以用它緩緩地釋出儲存的魔力。

我對琺爾石注入魔力，讓它自己不停釋出魔力，然後裝進【鶴皮之囊】。

「這樣就不會壓迫到我的魔力釋出量，也不會半途中斷。」

如我所料，【鶴皮之囊】吸收了從琺爾石緩緩釋出的魔力，並且增加容量了。

「像哥哥這樣用，會有多少容量呢？」

「差不多半輛馬車。這是琺爾石可以持久輸出的功率，撐得了兩三週。假如不打算持久，還能裝更多。」

「真厲害耶。有沒有意願跟琺爾石一起交給歐露娜保管？」

「那樣的話應該能添增財源，但是免了。我想研究清楚神器，如果找出神器有什麼共通特質，也許就能對付其他神器，進而打造出神器……何況這東西很方便，我會有效運用。」

照這種性能，不只可以當成便利的道具，當武器應該也綽綽有餘。

只要用點巧思，感覺甚至可以當成對付勇者的一張王牌。

「謝謝妳，瑪荷，妳真的幫忙弄到了好東西。」

「只有感謝之詞？」

「還是說，妳有什麼願望？」

「這個嘛，我希望哥哥吻我。」
瑪荷微笑著探頭往上瞟向我的臉。
她應該是跟往常一樣在戲弄我吧。
「呵呵，如果不行，我想想喔，接下來去吃頓午餐如……」
「好，我明白了。」
「咦？你要吻……咦咦咦咦咦咦！」
以為自己會被拒絕的瑪荷驚慌不已。
而我把瑪荷摟到懷裡……吻了她的臉頰。
瑪荷滿臉通紅地愣住了。
沒有她平時的冷靜模樣。
「這樣可以嗎？」
被我問了也遲遲沒有回話。
「……怎麼辦？」
瑪荷看著自己手邊才總算擠出話語。
「……怎麼辦，實在太令人高興，又太令人害羞，我覺得今天會無心工作。」
這樣的她可愛得讓我忍不住在她臉頰上吻了第二次。
瑪荷驚叫一聲以後，就全身僵硬地坐下來。

因為很有趣，我決定看到她恢復神智為止。

平時被逗弄的都是我，偶爾由我回敬也不至於遭天譴。

這個吻，使得瑪荷在後來的午餐約會鬧了好大脾氣。

鬧脾氣歸鬧脾氣，喜悅仍無法盡掩，我跟這樣的瑪荷度過的時光十分愉快。

Episode3

第三話 暗殺者來到騎士學園

The world's best assassin, to reincarnate in a different world aristocrat

在穆爾鐸採購之後過了一個月。

我們幾個終於來到學園……不，來到學園都市了。

從王都搭馬車往北到學園約需兩小時車程。

這裡既為學園，又具備城寨機能，盡到了保護王都不受北方外敵侵擾的職責。

畢竟，再沒有其他地方會像這裡聚集如此多的具備魔力者。學生也是被算在戰力之內的。

城寨的稱呼並非虛名，所備之屏障在這個國家可謂數一數二，入城後便有樸素簡約的街道。

目前我們正朝位於城市中心的學園而去。

「我們到了耶。蒂雅小姐，測試學習成果的時刻終於來了！」

「這一個月用功準備考試真是辛苦呢。我作夢都夢到了這個國家的歷史。」

正如她倆所說，我們這個月成天都在研討入學考試的對策。

考的並不是入學資格，而是學生會依考試結果分發班級。

各貴族的教育層次完全不同，為了授課效率就會按照學生的水準來分班。

我們因為某種緣故必須進入最優秀的S班就讀，之前便一直在準備考試。

在閒聊的過程中，我們抵達位於學園都市中心的騎士學園。

告知櫃台我們是來應考以後，就被領到與廣場一體成形的入口處。

「唔哇，蒂雅小姐，好多人在這裡喔。」

「大人比應考的學生還多呢。」

「這裡是孩子風光表現的舞台，做父母的應該也會想親眼目睹。小孩的在校成績比什麼都令人介意，在這個國家會成為門第所獲的風評。」

「哦，原來是這樣。感覺有點悲哀呢……欸，那是什麼！」

在蒂雅的視線前方，有個驚人的傢伙出現了。

「竟能實際見到騎白馬的王子。」

「唔哇，他那樣太浮誇了啦。」

「有點讓人不敢領教呢，蒂雅小姐。」

騎白馬的少年。

大概是為了配合白馬，連一身純白裝扮都是以金絲點綴的富麗款式。

從頭到腳都貴氣逼人。

不過，對方似乎具備與闊綽行頭相稱的魔力，長相也英挺端正，這種胡鬧的打扮穿在他身上頗為搭調。

……跟掩飾魔力異常雄厚的我呈對比，他是刻意招搖。看馬具的徽章就知道，那是凱菲斯家的嫡子。

父親交代過，在學園內非得小心的三個人之一。

在四大公爵家占有一角，門第僅次於王室。

對方經過我們身邊，順勢拋了個媚眼。

我本來以為那跟平時一樣，媚眼是朝塔兒朵和蒂雅兩名美少女拋的，然而無論怎麼看都是針對我。

「凱菲斯公爵家的嫡子究竟在想什麼？」

更為強勢的鼓噪聲掀起，甚至連剛才現身的白馬王子都被比下去了。來頭比公爵家顯赫的人物，只有一個。

現身的是勇者。

對方並沒有自我介紹。可是，看到那過人的魔力，我敢篤定不會有別的可能。

畢竟其層次連沒有圖哈德之眼的人都能發覺。

個頭不高，中性氣質難以分辨是男是女。

舉止怯生生的。

……跟我為了救蒂雅而交手過的假定勇者瑟坦特非屬同類。然而，這是為什麼？我感受到相同的氣味。

人們群聚過去巴結那名疑似勇者的人物。

我遠遠地觀望。我也打算拉攏勇者，但現在不是行動的時候。

勇者的話，肯定會被分發到最頂級的S班才對。

那正是我們用功準備考試的理由。

同班同學的立場對親近勇者有助益，我們必須擠進S班。

……聚集在此的近百人，僅只有八人可以擠進位處頂尖的S班。

要跟名門血統的對手競爭取勝並非小事。再說，我總不能對人展現圖哈德家的暗殺術、異常雄厚的魔力以及自創的魔法。

「門檻艱鉅……不過，並非沒有辦法。」

除了前世的知識與經驗，我這邊還有種種積累。

就算不動用特殊能力，我一樣……不，我們幾個一樣夠強。

◇

學園測驗開鑼。

可以從入口處往前進的只有學生。
門關上的瞬間，與其說場內有學生家長聲援，更像被人咆哮。
測驗還沒開始就這樣了。
傍晚，入口處將發表測驗結果，到時八成會呼天搶地吧。
跟著負責領路的教官走，便來到一處寬廣的大廳。
要先在這裡進行筆試。
「我開始緊張了。雖然說不管成績如何，我都可以跟盧各少爺同班，身為傭人還是不能考出讓少爺蒙羞的分數。」
以傭人名額入學的學生也要接受測驗，但終究僅供參考，他們都會分發到跟主人同一班，並沒有占到班級裡的成員名額。
畢竟傭人只是來這裡輔助主人。
「照平常發揮就行了。只要妳理解我所教的內容然後納為己用，便能留下夠好的成績。或者說，妳信不過我講的話？」
「沒有那種事！盧各少爺，我會加油！」
這種坦率又單純的部分對塔兒朵而言是長處。
準時來到的教官告知眾人休息時間結束。
「肩負亞爾班王國未來的雛子啊，幸能看到你們聚集於此。首先將舉行筆試，間隔一小時休息再舉行實作測驗。來說說筆試要注意的幾點。不接受任何發問；也不認同離席；若有離席的情況就會當場回收答案卷。注意事項就說到這裡，將考題發下去。」

蓋上的考卷發到所有人手邊。

「那麼，開始作答！」

隨教官一聲令下，所有人同時翻開考卷。先瀏覽一遍，確認考題內容。

……不能說全部猜中，但是列出的題目大致上都在預料之內。

我們這個月準備考試並不是沒頭沒腦。我動用伊路葛．巴洛魯的情報網及實力徹查過出題傾向，而且都有告訴她們倆。

開頭的題目是關於國家歷史與法律啊。幸好這些我都有教過她們，全無遺漏。

我看著問題微微苦笑。出題傾向有所偏頗。

考題多是這個國家想讓貴族們理解的歷史及法律，很符合學校據此創立的作風。

做完這些以後就換成要求思考力與計算力的題目。這也在她們倆應付得來的範圍。

照這樣，我們三個都能拿到高分才對。

旁邊的塔兒朵和蒂雅實際上也正輕快地動筆作答。

從狀況來看，靠筆記可以穩拿的分數差不多占整體的三成。

對於自國的歷史及法律，貴族應當要有所了解，然而下級貴族未必是如此。

跟父母學來的歷史會依照各領地的方便而經過改編，他們教的也只有想教的部分。

就算對歷史有興趣，書本仍價格不菲，要挑選記載正確內容的書籍更是困難，太多寫得天花亂墜的書了。

成長環境在這場測驗比應考者本人的才華更重要。

我重新體認到能生在圖哈德家真好。

……只要趁現在爭取分數，下午的測驗就可以保留實力。

盡可能多拿幾分吧。

◇

測驗結束，到了休息時間。

大約有三個小時都在寫考卷，讓我累壞了。

筆試並沒有分科目而是一口氣考完，因此分量驚人。

有個學生一直忍著沒上廁所，卻還是憋到了極限，只好面紅耳赤地哭著中途離席；更誇張的人則是一邊就地解放一邊還繼續寫考卷。

這是非得宣揚自身門第有多優秀的使命感所致。

考得面容憔悴的學生們離開試場。

我們幾個決定到廣闊的庭園，在長椅上休息。

蒂雅一臉興奮地告訴我戰果。

「我大概拿得到九成分數喔。得分還不錯，但有沒有比其他人高分就沒把握了。」

「我離九成差一點點。因為大多是盧各少爺教過不久的內容，所以我都會寫！」

「好在妳們都考得順利。只要答對近九成，應該就能擠進前十名。」

「真期待考試結果呢。盧各，你寫得怎麼樣？」

「除非是失誤，或者教材及考題有錯，否則我想可以得滿分。」

「果然厲害。盧各的頭腦實在很優秀耶。」

「盧各少爺考第一名的話就來慶祝吧！我會加把勁煮一頓大餐！」

「那就不用了。我想，宿舍應該會準備些什麼慶祝入學。」

「嗚嗚嗚，好遺憾。不過，我就換個方向努力做點心好了！」

我露出苦笑。塔兒朵替我著想的總是比自己還多。

而她拿出了野餐籃。

「頭腦疲倦就要吃甜的東西！我早起幫兩位做了點心。」

「居然能在早上做這些，塔兒朵，其實妳滿有餘裕的耶。我還以為妳是會惡補到最後一刻的類型。」

「我並不是有餘裕，想到這樣應該能讓少爺和小姐妳開心，我忍不住就做了。」

「謝謝嘍。還有，感覺這似乎很美味。」

野餐籃裡面裝了黃澄澄的蒸麵包。

這是最近在穆爾鐸流行起來的東西，麵包不用烤的而用蒸的，口感輕輕柔柔。

還加入大量蛋黃，可以將蛋的美味嚐個過癮。

「那就趕緊開動吧。」

我撕開輕輕柔柔的麵團放進嘴裡，濃厚的雞蛋鮮味與順口甜味。

這不錯。心情獲得舒緩，腦部逐漸補給到糖分。

「很好吃喔，塔兒朵。」

「嗯，我也喜歡上這種風味了。下次要再做喔。」

「包在我身上。兩位，麵包這樣做真可口呢。」

這是我和母親都沒有做過的點心。

原來在不知不覺中，塔兒朵也會自己發掘新食譜了。有積極性萌現是好事。

蒂雅表示要答謝這份點心，就幫我們泡了茶。道具有缺，她就靈活地運用土魔法及火魔法來代替。

在賭上各家威信的入學測驗空檔，只有我們這裡正用香甜蒸蛋糕佐以好茶度過閒適時光。然而，卻有人現身打破這種平穩。

「嗨，圖哈德家的各位，也讓我參加這場茶會好嗎？」

有個金髮燦然的美少年過來了。

……我不希望在寶貴的休息時間搞累自己，所以並不想招呼對方，然而眼前的他是四大公爵家的人。

「好啊，您請用。」

「不好意思。我想你們應該都曉得我的名字，但還是做個自介吧。我是諾伊修·凱菲斯。」

「久仰，我叫盧各·圖哈德。」

「哈哈哈，說話別這麼客氣。在這所學園裡，實力便是一切。王室是如此明言的，你不覺得宣誓要效忠王室的我們就該遵從規矩嗎？」

沒想到公爵家出身的人居然會提起這套表面上的規矩。

「那麼，我就恭敬不如從命了。」

「說好嘍。我也覺得那樣比較輕鬆。那邊的女孩，能不能將點心分我？」

「好、好的。但這並不是公爵家的貴人會吃的點心——」

對方不聽塔兒朵的忠告，手一抓就吃起蛋黃蒸糕。

「好吃耶。在我城裡沒有這種樸素的點心，我很中意。再給我一塊。」

毫無貴族風範的舉止。可是，放在諾伊修身上甚至連這樣都能像幅畫。

「你是為何而來的？總不會就為了吃點心吧？」

「我想先向你打聲招呼，走這趟是為了自己的夢想要招募你。我會在這所學園蒐集優秀的人才直到畢業，以便成就大事。我比任何人都想要你，盧各．圖哈德。所以，我搶第一個來到你的跟前。」

……這傢伙對我了解到什麼地步？

既然我尚未展現實力，跑來跟區區男爵家的子嗣問候根本沒有道理。

畢竟在場多得是血統比我有名的人物。

假如他對我的另一面知情，那倒可以理解，照理說，圖哈德家在背地裡的那一面只有王室與某位公爵家知情。

「找上我，是為什麼？」

「因為你比在場的任何人都要優秀。」

「至少，勇者還是比我強。」

「單純身手高強的傻瓜，多少也有用途，但以全面來看你才是第一。唉，我今天只是來打個招呼，你考慮看看吧……就由我們來改變這個腐敗的國家。憑你的才智，應該了解我得這麼做的理由，再放著不管就太遲了。還有，點心很美味喔。這是謝禮。」

他說完這些話就朝塔兒朵扔出手帕，然後離去。

塔兒朵愣得一動也不動，隔了半晌才看向那條手帕。

「這看起來是非常上乘的織品耶。」

「最頂級的絹絲，用於刺繡的金線質地也是一等一。這個嘛，我想賣掉的話可以遊手好閒過一年。」

「我、我不能收這樣的東西，我拿去還給他！」

「不，還是算了吧。那樣反而會對他失禮。」

塔兒朵慌得不知所措。

這孩子至今仍洗不掉小市民的習氣。

「我問你喔，盧各，他說的改變國家是什麼意思？」

「……看得夠清楚的貴族就會明白，亞爾班王國照這樣下去會變得像妳以前待的司奧夷凱陸王國那樣。諾伊修恐怕也是。不知道他是有意防止，或者索性想推翻如此脆弱的國家。無論哪一邊，可真是壯志勃勃的野心家。」

……騎士學園很適合蒐集人才。

在這裡可以無視於貴族的界線相互攀談，但是在別處就不行了。

「我第一次遇到直話直說表示要改變這個國家的男人。」

「他會是大人物，還是傻瓜呢？」

對方騎著白馬現身時，我還納悶那是個如何痴狂的大少爺，然而他的內在卻讓人感受到某種熱忱。事到如今，我可以了解那匹白馬也是用於對他人加深自我印象的道具。

有喇叭聲響起。

那並不代表休息時間結束，而是通知眾人上午的測驗結果公布了。

我們三個朝人群走去。

好啦，測驗結果會是怎麼樣呢？

第四話　暗殺者與勇者相遇

Episode4

The world's best assassin, to reincarnate in a different world aristocrat

筆試的結果貼出來了，學生們聚集過去。

「奇怪，盧各少爺，公告測驗結果的紙貼了兩張。」

「傭人那一欄是另外貼出來的。」

傭人會跟主人分發到同班，而且不占該班級的名額，因此只是留作紀錄當參考。所以，成績發表也會另設欄位。

「好耶，我辦到了。傭人那一欄的第一名是我！呼，沒有讓盧各少爺蒙羞，我就放心了。右邊還寫了（第六名）的註解耶，那是怎麼回事呢？」

「第六名是妳在全體考生中的名次。可以抬頭挺胸的好成績。即使以普通方式報考，也一樣能考進S班。」

「好厲害喔，我也不能輸。嗚嗚，想看結果卻完全看不見。我可不可以用魔法把那些人都捲走？」

由於有人群擋著，無法靠近名次表，想從後面探頭張望的蒂雅正在跳來跳去，但是對個子矮的她來說似乎有困難。

「別說得那麼聳動。我借妳肩膀。」

「呀啊！」

我讓她騎上肩膀。蒂雅難得發出了可愛的叫聲。

「謝謝，不過，這樣有點害臊耶……再說，我明明是姊姊，這太孩子氣了。」

「妳現在是妹妹，所以不要緊。看得見名次了嗎？」

「嗯，看得見。呃，盧各你是第一名。咦，不會吧，第一名有兩個。剛才那個人，那個愛耍帥的男生也是第一名。」

……原來如此，諾伊修並非光說不練的男人。

「我是第三名呢。嗚嗚嗚，不甘心。我偷偷想搶第一名的耶。」

「不，妳的成績夠漂亮了。下午的實作是考魔法與體術，蒂雅妳應該可以靠魔法爭取高分，體術也不會遜色，要考進S班大有機會。」

「比魔法的話，我可不會輸給任何人喔。雖然對上你就不太好說了。」

「不，那方面還是妳比我出色。」

蒂雅的唱誦與魔力操控已臻藝術境界。

以單純的功率而言是我贏，然而在細微控制上我不覺得自己能贏過她。我的規格是經過女神介入後，人類所能擁有的最高規格。

但我還是贏不過蒂雅。她在數字以外的感性方面有天賦之才。

「這麼說來，勇者大人的成績如何？從妳那邊看得見吧？」

「我不曉得勇者叫什麼名字，所以認不出來喔。」

「他叫艾波納。艾波納．利安諾。」

我自從聽說勇者現世的情報之後就做了許多調查。

於是我得知勇者並非出生，而是覺醒了。

平凡的一般人突然脫胎換骨變成勇者。

艾波納．利安諾生在跟圖哈德一樣的男爵家。

還有他身為貴族，卻天生就不具魔力而敬陪末座，利安諾男爵家又遲遲生不出艾波納以外的子嗣，他的遭遇似乎便相當悽慘。此外，艾波納．利安諾身上有許多令人費解的疑點。

他的戶籍為男性，不過越調查就越讓人懷疑會不會是女的。

即使像這樣實際見到本人，我依舊分辨不了。

「艾波納，艾波納在哪呢？根本找不到耶。啊，有了。他是倒數第八名。」

「……謝謝妳。我大致懂了。」

我放下蒂雅。

既然是生在普通的男爵家，成績頂多如此吧。他成為勇者時日尚淺，也沒有受到高等教育。

「盧各，我本來以為勇者是很厲害的人，但好像不是那麼一回事耶。」

「到頭來，還是得看以往的人生有何累積，光擁有超凡力量是不夠的。」

正因如此才有學園存在。

「呃，盧各少爺，總覺得從剛才開始，周圍的人就一直猛盯著我們這裡。」

「有這種成績也難怪啦。」

知名貴族的子女都在注目我們。

和我並列榜首的諾伊修是公爵家出身，即使有好的成績也不奇怪，來自區區男爵家的我們卻能拿到這等成績，便讓人感到不可思議，而且礙眼。

然而，似乎也有人不介意這些。

「我還以為自己會獨占鰲頭，沒想到你與我同分。果然你就跟我想的一樣優秀。」

金髮美少年諾伊修故作熟稔地搭我肩膀。

「後半的測驗，我們彼此都要加油。」

「當然了，我的目標是以首席成績入學。我不會輸喔……話說在前頭，你別替公爵家作美，從別人手中讓來的首席根本沒有意義。」

「我明白，我也會盡全力爭取。」

盡全力爭取這話並不假，單就可以對人展現的能力範圍而言。

通知休息時間結束的鐘聲響起，教官再次來到，並告訴眾人後半場開始了。

◇

實作測驗已經結束一半。

前半考的是魔法。

報出自己最擅長的屬性，唱誦三種規定的魔法並予以發動，然後接受評分。

評分基準有釋出的魔力量、魔力轉換率、唱誦速度、魔法精度這四項。

我克制魔力，僅以常識範圍內可評為優異的魔力進行唱誦，結果得到第二名。

「哼哼，比魔法我可不會輸給任何人。」

第一名正在我旁邊耀武揚威。

「不愧是蒂雅小姐，那麼優美的唱誦都讓我看得入迷了呢。」

「無論看幾次，我都想不透要怎麼練才能像蒂雅那樣毫無浪費地做轉換。」

將魔力毫無浪費地轉換成魔法。

那是極為關鍵的技術，我也已經嘗試錯誤到了厭倦的地步，卻怎也贏不過蒂雅。

以一般的具備魔力者來說，轉換率基準是六～七成，而我在九成上下飄移。然而，

蒂雅總是可以保持在九成五。

這並不是單純代表魔力消費率改善，令魔法威力提升而已。

沒有未轉換完全的魔力作梗，精度便能提高。

我跟蒂雅的轉換率僅僅只差五釐，但卻是莫大的五釐。

「我是第六名……明明讓盧各少爺教了那麼久。」

塔兒朵垂頭喪氣。

她的好成績是我教出來的。精確來說，我是用圖哈德之眼一面檢視她的魔力，一面點出需要改善的地方。

因為我可以目視魔力這種只能靠感覺捉摸的力量，糾正與改善才會事半功倍。

在這種狀況下，勤勉的塔兒朵只要多加鍛鍊就能成為此等高手。

「不，妳的成績夠漂亮了。只不過妳上面那些人都是怪物而已。」

順帶一提，排在塔兒朵前面的除了我、蒂雅、諾伊修和勇者艾波納之外，還有擅使魔法的望族神童。

目睹諾伊修唱誦，我便篤定他是個苦幹實幹的人物。

肯定經過一流的師父指導，諾伊修有天分。然而，光靠那些還是無法使出如此高明的魔法，必須嘔心瀝血地下苦功。

還有，讓我意外的是艾波納。

那簡直是胡來一通。魔力轉換率低落，頂多只有五成，在一般水準之下。唱誦也慢，精度更是不行。

可是魔力釋出量實在超乎常軌，光靠這一項，他的整體成績就把塔兒朵比下去了。

我和蒂雅親眼目睹那場測驗後，都跌破了眼鏡。

「欸，蒂雅，那一幕，妳能夠相信嗎？火屬性的基本魔法【火炎球】，要怎麼用才會變得像那樣？」

「嗯，我也不敢相信。他用起魔法明明就荒腔走板，技術也很糟糕，卻有那樣的威力。假如好好鍛鍊過，以一般水準來唱誦，不知道會變成怎樣。」

【火炎球】。正如名稱所示，那是可以發出拳頭般火球的魔法。

飛起來輕飄飄又緩慢，被打中頂多燒傷表皮。

可是，勇者施展的【火炎球】不同。

宛如以太陽壓縮而成的灼熱子彈，射出的速度比聲音更快，將位於彈道上的一切化為灰燼之後，就消失在遙遙彼端。

還貫穿了連敵國入侵及魔物大軍都能逼退的護國屏障。

沒造成傷亡應該算奇蹟吧。

……初階魔法就這樣了。那恐怕不是單純只靠魔力量，他還有強化魔法的技能。

想到要跟這種人交手就讓我發毛。

目前因為唱誦之慢與精度之低，還不能用於實戰。

在學園進修後，要是讓他養成常人水準的技術……到時或許就無人能敵了。

◇

接著是體術測驗開鑼。

校方進行了各項測定。

臂力、瞬發力、跳躍力、持久力、反射神經etc.

在此大顯身手的是塔兒朵。

乍看下比的似乎是體能優劣，然而以具備魔力者的情況而言，藉魔力強化體能的技術會成為關鍵。

與其用魔力將身體從頭到腳都強化，配合身體動作調整各部位的強弱會比較好。

不過，辦得到這種事的人有限。

就我所見，考生中差不多只有我、塔兒朵、諾伊修還有另外三個人辦得到，蒂雅還要再磨練一段時間。

話雖如此，好似在嘲弄這樣的技術，勇者靠笨拙的強化就展現出過人性能，在所有項目拿了第一。

我完全不覺得自己能贏他。跟他比較這件事本身就是錯的。

連怪物這種詞都太含蓄。

看勇者在筆試拿不到幾分，就紛紛離去的狗腿子也都回來了。

只不過，我在意的是艾波納顯得透不過氣這一點。

他似乎不擅長與人交際……但是那並不會成為我親近勇者的障礙。

對深諳掌控人心的箇中好手來說，像他那樣的人反而容易對付。

◇

終於來到最後一項測驗。

最後考的是實戰。

會有一群現任的騎士到場，並且跟學生交手。

武器皆未開鋒，也有醫師在。

當然了，普通學生不可能勝過現任騎士。

重點不在勝敗，而是比試的過程。

騎士學園的競技場空間寬廣，有六座擂台排在一塊。

先輪到出戰的塔兒朵去了等候室，因此我就跟蒂雅兩個人觀賽。

已經有好幾組的比試結束了。

「看起來有好多人耶。」

「是啊。能趁早見識同屆的能耐，實在太好了。」

……投注心力於教育的並不只圖哈德家。

世世代代都有騎士輩出的家系、全靠武勳建立地位的家系，那些家庭都會從小就把孩子養育成戰鬥兵器。

在那之中，也有人足以匹敵現任騎士。

「盧各，塔兒朵沒問題嗎？」

「我想不會有問題。畢竟別看塔兒朵那樣，她還是很強。這麼說來，蒂雅妳沒看過認真起來的塔兒朵吧。」

「哦，她那麼厲害啊。那我就要仔細觀戰才可以了。」

用長槍的塔兒朵實力甚至凌駕於現任騎士。

我用了圖哈德家還有投胎轉世前的技術與知識，把塔兒朵鍛鍊成這樣。

而她在擂台上現身了。

平時藏在裙底的長槍已經取出。

塔兒朵跟騎士面對面……沒想到，騎士卻在比試開始前向她鞠躬，也聽得見觀眾席正在鼓譟這是什麼情形。

那並不是比試前的行禮，騎士純粹在表達感謝之意。

塔兒朵感到困惑，還慌得不知所措。於是，騎士對她講了些什麼，她就變得滿臉通紅，接著拚命向對方拜託了什麼。

搞不清楚這是怎麼回事，會場一陣喧鬧。

可是，他們本人卻若無其事地開始比試，然後塔兒朵獲勝了。

擔任傭人的女生竟然會贏，大家不禁將視線聚集到塔兒朵身上。

比試前發生過那種事，其中一方又是傭人且身為女性，就有眼紅的聲音在嚷嚷她用了美人計或者打假賽。

和我們隔了兩個位子的那些學生也是。

「盧各，我去一下。那邊那些人講話太過分了。」

「妳冷靜點，他們不值得理會。稍有身手的人看了塔兒朵用槍之凌厲就會曉得她的實力，看不出的那些人連放在眼裡的價值都沒有。」

「話是這麼說沒錯。」

「放心吧，他們將有報應。更重要的是，差不多要換妳上場嘍。」

蒂雅按情緒行事會惹出問題。

不過，我可以巧妙化解。

儘管我為了安撫蒂雅，口頭上是這麼說，但塔兒朵被瞧不起也一樣觸怒了我。我會讓那些人付出代價。

「啊，那我走嘍。加油的工作……還有塔兒朵就拜託你了。」

蒂雅離去。

取而代之的是塔兒朵回來了。

我立刻問她比試前跟對方說了些什麼。

「呃，有段時期少爺不是送我到戰場累積實戰經驗嗎？當時我救過對方一命，所以他才向我道謝。」

「……原來是那時候啊。」

待在穆爾鐸那陣子，塔兒朵實戰經驗不足這一點被我視為問題，有段時期，我動用人脈讓她到戰場體驗實戰了。

「是的。沒想到會在這裡遇見當時一同作戰的人，嚇了我一跳。」

「然後呢，妳有向他開口拜託，那又是怎麼回事？」

「呃，因為那個人出於善意，想告訴教官我在戰場上的活躍情形還有丟臉的外號，我就拜託他千萬不要。」

「聽妳這麼說，我就好奇是什麼外號了。能不能告訴我？」

「盧各少爺，你千萬不能對別人說喔……他們叫我【雷速英雌】……像這種外號，我絕不想在人前被提起。」

【雷速英雌】嗎？確實跟塔兒朵的戰鬥風格相符合。

高竿的體能強化技術以及運用風魔法加速的飛快身手。

不僅如此，憑著柔軟體態與傑出的反射神經，她快成那樣也不會讓動作淪於單調，還能將自身軀體運用自如。

簡直可說是雷光化身的英雌。

……只不過，那也有弱點。塔兒朵仍在成長，目前以那種速度勉強也能施展招式，但是她的身手還會變得更快。

照這樣下去，塔兒朵的動態視力會跟不上自身速度。

或許將來遲早得賦予她圖哈德之眼才行。

「對了，盧各少爺的比試是什麼時候！我一直在期待要觀戰呢。」

「我排在最後，所以還有時間。不說這些了，蒂雅的戰鬥快開始嘍，要幫她加油才可以。」

「請少爺早點說嘛！」

蒂雅開始跟對手以劍互擊。

不過，她處於劣勢。

大約五分鐘就分出勝負，善戰歸善戰，卻還是輸掉了。

蒂雅是以魔法為主軸，到最近我才正式開始教她近身戰鬥，但還在基礎階段。

更重要的是，對手太糟。對方在騎士中亦屬佼佼者。

在無法拉開距離的擂台上，那並不是蒂雅目前能戰勝的對手。

「好可惜喔。」

「能鬥到那一步已經夠了，那樣應該可以得到不錯的分數。蒂雅的長項都有展現出來，憑她現在的實力無法期望更多。」

我送上掌聲。蒂雅盡全力了。

蒂雅從擂台離去。接著，艾波納取代她過來了。

而他的對手是騎士團長。

立於騎士頂點的男人，並不只職銜，實力也是。而那個男人披盔帶甲，穿上了全副裝備。

那套鎧甲，看來並不是普通貨色，材質用了超稀有金屬祕銀，強韌程度鐵製鎧甲沒得比。

不賴的判斷。縱使武器未開鋒，憑他的能耐還是得穿上頂尖裝備，否則大有喪命的風險。

比試開始。

艾波納消失之後，隨即出現在騎士團長面前，還擺出揮拳的架勢，接著騎士團長就消失了。晚來的巨響炸開。

當我尋找騎士團長的下落時，就聽見了第二次巨響。

在艾波納揮拳的路徑上，身穿鎧甲的騎士團長於觀眾席陷了幾公尺深。

仔細看艾波納那邊，會發現有祕銀碎片散落在他的周圍。

……難不成他用拳頭打碎了祕銀？

勇者無與倫比。我本來以為自己都明白，卻沒想到有這麼驚人。

連圖哈德之眼都看不清其身手。

萬一是我站在那裡，應該會走上跟騎士團長相同的末路吧。

而且勇者之後還會持續成長。

「相較起來……他目前仍遜色於瑟坦特。但是，等到一年……不，一個月後——」

那名勇者現階段不如瑟坦特。

但是，他不用一個月就能蛻變成更可怕的怪物。

照這樣連暗殺能不能得手都很難講。

「看來，我還要變得更強才行。」

我重新下定決心。

接著輪到我了，因此我走向擂台。

「塔兒朵，我去一趟。」

「好的，我會全心全意替少爺加油！」

靠之前的測驗結果，要進S班十拿九穩。

我本來打算穩當地秀個幾手就吞下敗仗，但是見識到勇者荒謬的實力，心頭稍微熱了起來。

為了平息這股熱流，加把勁拚看看吧。

Episode5

第五話——暗殺者結束測驗

The world's best assassin, to reincarnate in a different world aristocrat

我出場的比試是今天最後一組。

學生們都高度關注。

理由很簡單，最後兩個人是之前成績總和的前兩名。

說穿了，這就是首席之爭。

蒂雅曾靠魔法爭取分數，名次卻因為體術下滑了。

塔兒朵剛好相反；勇者艾波納則是被筆試拖累太多。

到最後，比總分是由我和諾伊修領先眾人。

我跟諾伊修一塊前往各自的擂台。

「盧各，剛才我也說過，別打著把首席讓給我的主意……我希望以實力贏你。」

「我發誓，自己會全力以赴。」

諾伊修的眼睛直盯著我。

彷彿要看透我方一切。

假如隨便放水，應該會露餡吧。

之後，我們便默默抵達各自的擂台。

擂台上已經有我們要挑戰的對手。

兩名副團長居然就是我們各自的對手。

這似乎是給或許會成為首席的我們特殊待遇。

「盧各少爺，請你加油！」

「輸掉的話，明天吃早餐就會把滿滿的黑蘆筍塞給你喔！」

塔兒朵與蒂雅送來聲援。

我感謝她們的心意，卻有點難為情。

「你真受歡迎啊，令人羨慕。」

「她們是我的親屬，讓您見笑了。」

「沒關係沒關係。反正我興致都來了，我絕對不會讓你在那些可愛女生面前表現。開後宮的傢伙去死。」

不得了的殺氣。

……我看這個人已經忘記是在跟學生比試了。

「氣度不足喔。」

「哈哈哈，或許吧。可是對上你，我就算用真本事也不要緊吧。」

我並不訝異。

本領高到一定程度的好手，光從呼吸及步伐就能看出對方斤兩。

我們雙方都把手擱到劍柄。

我刻意選擇用劍。

雖然我擅使的是短刀、體術還有槍，用劍倒也還算拿手。

用劍就沒有施展暗殺術的餘地，可以隱藏圖哈德的暗殺術。

……假如拿我用慣的短刀，身體在思考前就有反射動作，難保不會失手殺了對方。

裁判過來確認是否準備就緒，我便點頭。

「開始！」

比試開鑼。

就在那一瞬間，我們都停下動作。

因為從隔壁擂台可以感受到驚人的魔力。

是諾伊修。

諾伊修以正眼架式持劍，並釋出全副魔力，強化肢體。

融合氣與魔力來強化全身在體能強化中屬於更高一層的技術。

強勁，而且流暢。更重要的是充滿氣魄。

不玩小花樣，用全力互搏吧。

從他釋出的魔力可以感受到有如此的意志蘊藏其中，令人痛快。

……受不了，被諾伊修用那種氣魄十足的魔力刺激，讓我有失本色地熱血起來了。

原本我打算先放慢步調觀望情況，但是算了。

「喝啊啊啊啊啊啊啊啊啊啊！」

這種時候不奉陪對方就太掃興了。

如果是以暗殺者身分作戰，我不會這麼傻。

然而，我現在是以劍士的身分待在這裡。

藉著圖哈德之眼，我早就看清面前的副團長有多少魔力。

我將自己的魔力量調整到跟他的全力一模一樣。雖然離我的全力差遠了，身上纏繞的魔力仍遠高於常人。

……魔力量相同。既然如此，就要靠劍術和體能強化技術，相互揣度的各種技巧，以及精神力來決勝負。

副團長賊笑。

我眼前的，還有跟諾伊修對峙的副團長，兩人都笑了。

「有意思。今年的新人活力不錯。那麼，我們也不會客氣。」

「是啊，有趣極了。但是，我們倆怎也輸不得，畢竟我們扛著騎士團的招牌。」

我眼前的副團長，還有跟諾伊修對峙的副團長也將全副魔力纏繞於身。

四人都釋出龐大魔力。

那雄威的景象讓觀眾們倒抽一口氣。

接著，四人都採取動作。

◇

我將所有意識都放在眼前的男子身上。

……我在前世是暗殺者，如今亦然。雖然我也受過面對面搏鬥的訓練，但那只是暗殺失敗時的保險，並非本業。

還有，圖哈德家的暗殺術，趁敵人不備的招式也都封印了。

靠正統派劍術能打到什麼地步？

我和副團長同時揮劍。對方只有略勝一籌，可是出劍既快又沉，凌厲度也是我輸。

魔力強化量控制得平分秋色，體能強化技術是我較占上風。

不過，要比最原本的體能就吃鱉了。

雖然說，我運用【超回復】有效率地鍛鍊身體，但十四歲的體魄仍未發育完全。

加上對方是劍術專家，還練出了一身適於揮劍的肌肉，形勢對我較為不利。

硬碰硬的話，我會被對方扳倒。

所以我稍微收斂劍勢，並且放緩力道。

在劍與劍強碰的瞬間，我一邊抽身一邊行雲流水地卸勁。因為我有動態視力過人的圖哈德之眼，才可以辦到這種技倆。

即使勁道被我化解，對方立刻就掌握狀況，還準備揮劍追擊。身法靈活。

我再次化解他的追擊，但那一劍早有料到我會卸勁，還將我逼到嚴峻的態勢。

下一劍無法化解。強接攻勢會被打得落花流水，用劍反擊又來不及。

再這樣用正統派劍術過招，大概七八招之後就會玩完。

靠正統派劍術怕是怎樣都贏不了，我從疑慮變成篤定。

當下我有兩個選擇。

只用正統派劍術打到輸，或者出其他招式。除了不能展露的暗殺術以外，我還有別招，可是那樣做太過醒目。

『輸掉這一場吧。』

當我如此心想的瞬間，就聽見塔兒朵和蒂雅的加油聲。

……對喔，她們倆在看著。

不能讓她們看我出醜。

『這場輸不得。』

節節失利的我並沒有重振態勢，反而還藉助形勢倒著使出迴旋踢。

在這種形勢下，出腿會比對方的劍更快。

對方似乎沒料到我會出腿，這腳成功踹中腹部。

以魔力強化過的踢腿，威力足以一擊致勝。

「嘖！」

手感太輕。被對方往後跳開化解了。

原來他有在一瞬間反應過來。

那就乘勝追擊。由於對方向後跳開，距離拉遠了，近身攻擊搆不到他。

所以，我擲出長劍。

「……學生小弟，那可沒有騎士的風範，但是還不壞。」

擲出的劍被對方彈開。

在我預料之內。

讓對方把意識轉向擲出的劍，並在那一瞬間邁步蹲下從視野消失，鑽進死角。

目前我壓低姿勢待在對手的側後方。我在身體一屈一伸之間使出突刺。

當然，擲出的長劍不在我手裡，所以我用了劍鞘。

劍鞘的前端是金屬，用這打在太陽穴就能一舉剝奪對手意識。

「好險。」

「連這也沒有刺中嗎？」

我從死角發招，而且是從對方慣用手的相反側刺去，沒想到卻被手甲擋下了難以防禦的這一招。

看來副團長並非浪得虛名。

第二記突刺，被對方用劍砍落。

劍鞘飛到半空中打轉。

這也是理所當然。

鞘與劍不同，難以握在手裡，被同等以上的臂力砍中就會像這樣脫手。

「學生小弟，這樣就結束了。」

副團長選擇由上段往下劈。做出預備動作的他高舉起劍。

相對地，我失去了武器，處於劣勢。正因如此，我更要向前，以神速邁步出去。

「什麼！」

雙方極度貼近就無法把劍揮下。只要我邁步有一瞬間遲疑，身體恐怕就會閃避不及而硬生生承受劈下來的劍。

……而且，我為了閃避才邁出的這一步也是為了出手攻擊。

我運用邁步的動能順勢扭身，將全身勁道集中於掌上推送出去。

即使在零距離之內，這樣就能施展具威力的攻擊。

「喝！」

爆炸聲。

非同小可的掌勁。

讓凝鍊又凝鍊的魔力與氣在對手體內爆發的一擊。

副團長飛到半空，在擂台外滾了五圈才停下。

裁判趕來。

緊接著……

「勝者是新生，盧各．圖哈德。」

勝者被叫到名字了。

「勉強贏了呢。」

這場比試看來一面倒，但是我不維持先發制人就會輸，所以只得如此而已。

實際上，我抱著必勝想法使出的招式被應付掉兩次，到第三次才得手。

觀眾席的反應分成了三種。

「好耶，打贏了！盧各少爺好厲害！他贏過副團長了。」

「哼哼，我從一開始就有把握，因為他是盧各啊。等他回來，我要獻吻給他！」

跟塔兒朵和蒂雅一樣掌聲熱烈送上喝采的人；無法相信副團長敗給新生而愣住的人；還有對區區男爵子嗣搶走風頭而覺得鄙視的人。

醫師趕到倒下的副團長身邊著手治療。

於是，約一分鐘後副團長就醒了。

受衝擊的瞬間，副團長把全身的氣和魔力集中到了腹部。

雖然我成功把他打昏，不過從手感就知道造成的傷勢並沒有多嚴重。

「不甘心啊，居然替開後宮的傢伙抬轎了。受不了，還對上硬底子的實戰劍術，而不是賣弄格調的貴族劍術。早知道你會這一套，我還是有辦法打的。」

「我本來想用正統派劍術應戰，不過見識到閣下的第一劍就放棄了。明明贏了卻有落敗感。」

我們對彼此苦笑，一邊握手，然後我扶他起來。

「總之，我輸得心服口服。很期待你的前程。日後，務必要來我們騎士團。」

「我會放在心上。」

我這麼說完就向對方行禮。

好啦，總之我是贏了。

只不過，我想這種戰勝方式恐怕不好評分。

因為評分者的喜好應該是純以劍服人。

那麼，不知道諾伊修戰況如何——如此心想的我看向旁邊。

激戰仍在持續。

與我們這邊不同，他們是規規矩矩的劍術對打。

諾伊修所使的劍術屬於王室劍術。

那是在這個國家最講型式的劍術，也是歷任教頭一路淬鍊下來的集大成。

儘管有秀氣過頭之嫌，招式卻強猛。

諾伊修毫無破綻。

如此了得的劍士想必不多。

戰況幾乎不相上下。

不，越來越傾向諾伊修這邊了。

差別在於魔力的釋出量。只比劍是副團長比較高明，然而，魔力釋出量的差距卻形成雙方在體能上的差異。

況且對方的魔力開始不濟了。

於是，分勝負的時刻到了。

副團長的魔力強化失穩，便直接導致出劍失準。

諾伊修沒有天真到會錯失那些細節。

他抓準副團長握力變弱的那一刻出了重手逼對方硬接，長劍彈飛離手。接著，劍鋒停在副團長的頸項。

「是我贏了。」

「我投降。頭痛嘍，今年的新人不太可愛。不只團長敗陣，連我們兩個副團長也被解決……我們是輸得不甘心，不過，這個國家的未來是光明的。」

隨後，歡呼如雷。

跟我贏的時候不一樣，所有人都如此喝采。

畢竟是公爵家的純正血統，贏了也不足為奇。再說對公爵也沒有什麼好嫉妒。

對此我不覺得懊惱，有蒂雅和塔兒朵聲援就夠了。

蒂雅和塔兒朵為我加油比任何人都大聲。

諾伊修對我笑了笑。

「這麼一來，最終結果就不確定了呢。」

「剩下只能看評審的給分啊。」

話雖如此，首席十之八九會是諾伊修吧。

教官喜歡像他這樣的正統派。

再說由公爵家擔任首席，各方面都比較不會起事端。

既然差距並非懸殊，得由評審來裁量的話，諾伊修必然會中選才對。

◇

隔了一段休息時間，眾人又聚集於測驗開始時到過的入口處。

門打開以後，學生們的親屬就一舉湧進。

看來他們都想早點確認自己孩子的等第，也就是家世有多優秀。

S班以外的分發結果都一口氣先貼出來了。

吼聲與哀號響遍四周。

……學生中有人放聲哭出來，有人昏倒，甚至有人被父母掐住脖子，還有人被當眾宣布斷絕關係。

貴族特有的虛榮讓人沒轍。

接著，要來了。

前八名的學生被個別叫了出去。

講台前有個壯年的紳士出現。

他就是校長。

「那麼，接著要介紹被選進S班的人。先從傭人唱名。蓓莉兒、可蘭塔、塔兒朵。塔兒朵尤其傑出，她拿下了就算以平民身分報考也能躋身S班的好成績。」

眾人鼓掌。

這樣子，實際上我便確定進S班了。

果然，有魔力的傭人並不多吧。

那接下來就是重頭戲了。

八名被選為S班的學生發表出來。
「接著是第八席，貝爾路格．克琉塔利沙。」
一個個被點名上台。
每個人都一臉自豪。
在此獲選就是這麼光榮。
勇者艾波納也已經被點到了，他似乎是第四席。看來筆試的部分耽誤太多。
然後……
「接下來輪到前三名，他們會是引領這個世代的一群。克蘿蒂雅．圖哈德。恭喜妳榮登第三席。」
蒂雅被點到了。
「我先走嘍。」
蒂雅說完，便快步前往台上。
學生們還有其親屬都將視線集中到我和諾伊修身上。
還沒被點名的只剩我們，其中一方將成為首席。
校長咳了一聲清嗓，稍做停頓。
接著他緩緩開了口。
「盧各．圖哈德。」

我先被點到了，這就表示我是第二席。

因為心裡早就曉得，所以並不失望。

我甚至還覺得第二席比較不會太醒目，這樣正好。

「還有，諾伊修．凱菲斯，這兩人是以同分考上首席入學。」

諾伊修一臉笑吟吟地拍我肩膀，我們倆便一塊上台。

「居然平手。沒能贏你固然可惜……唉，有優秀的男子漢要成為我的人，我倒是很歡迎。」

「我可不記得自己說過要成為你的人。」

「不，你會的。我就此決定了。」

胡說八道。

在學生們的掌聲與艷羨中，我們走上講台。

諾伊修究竟對我中意到什麼程度？

不過，這不盡然是壞事。

有他在就能避開鋒頭，沒人敢來說區區男爵之後也敢得色。

無論如何，跟勇者分到同班的目的達成了。

只剩跟他交朋友，應該難不到哪裡。

Episode6

第六話
暗殺者領有祕令

The world's best assassin, to reincarnate in a different world aristocrat

以首席成績入學的目標實現，我成了風雲人物。

「突然就被校長找去，看來我們相當受到期待呢。」

「我想也是。畢竟被找去的只有我們四個，而不是S班的所有人。」

班上其他同學都趕去教室了，相對地，只有成績名列前茅的諾伊修、我、蒂雅，還有塔兒朵四個人被交代要到校長室。

「盧各同學，你的妹妹和傭人也都很優秀。等你來到我身邊時，她們自然也會成為得力助手吧。」

「我從一開始就沒有說過要協助你。」

「哈哈哈，你放心，我會讓你心甘情願。」

諾伊修笑歸笑，說的話卻非常恐怖。

實際上，公爵家並不是沒有那種能耐。

能對公爵家出意見的頂多只有王室，要不然就是大公。

要說有什麼問題，在於圖哈德家跟某位公爵家關係匪淺。

除王室之外，唯一曉得我們背地裡另一面的就只有那一家。

「看你的表情，是在思索家裡的事吧。不要緊，那部分我也會設法處理。」

「你都明白還這麼說？」

「當然了……這點事都處理不了，怎麼可能改變這個國家。不談這些了，看來我們到了呢，校長室。」

如他所說，我們到了目的地。

知會傭人過後，他敲了門。

「進來。」

渾厚的回話聲。門開了，我們進入房內。

校長是個白髮的壯年男子。

然而，肉體看不出衰退，鍛鍊有加的體魄仍健在。

白髮好似獅鬃，還從全身散發出氣場般的特殊魄力。

校長很強。五年前這個男人還是騎士團長，據說實力、指導力皆為歷屆之頂。即使現在退休了，據說還是比現任騎士團長強。

而他開了口。

「諾伊修、盧各、克蘿蒂雅、塔兒朵，感謝你們來到吾校叩門，況且，是在這個時期。」

「請問校長指的是勇者現世一事嗎？」

「沒錯，被選為勇者的艾波納力量強大。然而，未成氣候。艾波納必須有人扶持。你們身為其同窗又優秀，擔任勇者的伙伴再合適不過。近期內我會要你們陪勇者啟程至各地。」

諾伊修有一瞬間顯露不服的氣息，他掩飾後才開口發言。

「校長，承您美言，但是我們幾個仍不成熟，還有比我們更傑出的騎士和魔法士。縱使我們的能力被判斷為優秀過人，卻不具實戰經驗，故在現場恐將無法因應不測而失敗。陪伴勇者成行這種大差事並非我們所能勝任，懇請校長多加思量。」

令人意外。對出人頭地、展現自我有強烈意欲的他居然會拒絕。

與勇者同行是可以想到的最高榮譽。

畢竟只要一切都進展順利，就能名符其實地獲得拯救世界的名譽及實績。

「莫要謙遜。諾伊修和盧各在入學測驗不就已經證明當下連副騎士團長都不及你們了嗎……比他們強的人可不好找。」

「所以我才說憑經驗不足的我們，並沒有辦法因應不測的事態。」

「既然如此，變得更強就行了。這所學園正是為此而在。」

「我承擔不了這樣的重責。」

「呼～～你還要推託嗎？別演猴戲，諾伊修．凱菲斯。我可以保證，成為勇者的伙伴絕不會耽擱到你想成就的大事。話說到這個份上，萬一還是講不通，後果你懂吧？」

「……原來您看穿這麼多了啊。我願將此身之力奉獻給勇者。」

諾伊修做出貴族式行禮。他大概是領悟到再辯也沒用了。

識時務者為俊傑，這也是他的美德。

狀況我懂了。那麼，有一件事讓我感到在意。

「校長，我想請問，為什麼沒有把最重要的勇者找來這裡……您打算讓我們做什麼呢？假如只是要我們成為勇者的伙伴，把勇者叫來現場應該比較好。」

「想必你心裡有數。盧各．圖哈德，你很強。不過，我們更看好你的頭腦。」

校長指的恐怕不只是測驗成績。

既然他想派我們當勇者的伙伴，肯定已經千方百計查清了候補生們的底細。

那麼，在此我就不應該裝蒜。

「我們被期待的角色，是勇者艾波納．利安諾的枷鎖吧。並非出於任務才陪伴他，而是要成為他的好友。正因如此才必須找我們。比我們傑出的人物多得是……坦白講，我不太有意願。」

「咯咯咯，答對了。該說不愧是圖哈德嗎？那傢伙也生了個出色的兒子。」

不愧是圖哈德嗎……

校長到底知情多少？或許是王室為了善用勇者，對他提供了情報。

「呃，盧各，我不太懂意思耶。把事情講清楚一點。」

「勇者是世界最強的生物，其力量超脫常軌，無人能用力量束縛勇者。勇者若想消滅亞爾班王國，這個國家就毀了。到這裡為止妳懂嗎？」

「嗯，我曉得。誰教他強成那樣嘛。」

「那麼，我要繼續說下去了。沒有銬上枷鎖的怪物，比今後應會大量出現的魔物、魔族以及魔王更恐怖。所以，要從心靈上予以束縛。簡單說，就是讓他覺得有要好的朋友在這裡，所以要保護這個國家。勇者本來就不需要支援，因為其他人力量差距太大，只會成為包袱。我們被期待的角色是監視者，同時也是他在心靈上的枷鎖。」

「怎麼會。」

由於勇者有那般力量，藥物對他不管用，更不會遭受洗腦。

因此要運用朋友，動之以情。

雖令人覺得冷酷，卻合乎於理。

「嗯，我無話可講，全都如盧各．圖哈德所言。不問你們是否能達成，這件事就是要你們去辦。某方面來看，你們對這個國家的貢獻會比勇者還要大，大可期待到時候的報酬。」

塔兒朵的肩膀在發抖。

而且她有話想說，目前正藏在心裡。

我使了眼色催促塔兒朵發言，她便怯生生地舉了手。

「請、請問校長，假如目前在這裡的對話外洩出去，會怎麼樣呢？」

「將視為對亞爾班王國的反叛，而且是頂級重罪。失敗也會如此處置。」

那就表示不只我們本人，連所有相關的人都會處以極刑。

假設塔兒朵那麼做，我和父母都會被判死刑。

我跟諾伊修目光交接，彼此露出苦笑。

受不了，校長打算交派給十四歲小孩的任務未免太沉重了。

「我明白了。我會讓艾波納敞開心房，跟他成為好友。」

「校長，我也會達成您的要求。」

「看來只能這樣辦嘍。我也會配合。」

「是的，我會加油！呃，跟盧各少爺一起的話！」

如此這般，我們負起了跟勇者交朋友的義務。

校方似乎連這方面都會支援我們。

學園利用我，我也利用學園。某方面來看，可以說是理想至極的合作體制。

◇

離開校長室，有個外表親切的壯漢教官笑吟吟地等著我們。

「噢，看來校長的金言終於講完啦。來宿舍餐廳吧，今天會為你們辦歡迎會，有豐盛的大餐可以吃喔！還有，諾伊修和盧各要代表新生致詞，先想好講什麼吧。」

先前的陰鬱氣氛被一掃而空。

「我不擅長講那些耶。」

「少騙人，諾伊修，像你這樣哪有可能怕致詞。」

「穿幫了是嗎……剛才那件事，倒是難不倒我跟你。要攏絡一個害怕他人又缺乏自信，卻巴望受到理睬的撒嬌蟲，沒什麼大不了的。」

「的確。照他那樣看來，事情並不會太難。」

「呵呵呵，突然就攜手合作，不錯呢，你要多露幾手讓我瞧瞧喔。」

我們彼此沒再多說什麼，便前往歡迎會的會場。

只不過，我難免對女神提到的未來掛懷。

『勇者打倒魔王以後，會保不住精神正常而起意毀滅世界。』

……不曉得祂所說的未來是發生於何種前提。

假如我跟諾伊修與艾波納成為好友，未來還是會變成那樣，也許艾波納發狂的導火線就是我們。

勇者被我們背叛，因而憤怒、悲傷、憎恨這個世界。

或許是我想太多，但我們無疑是叛徒。諾伊修認清這是工作，至於我則是為了殺勇者才會親近他。

即使虛假，起碼在跟艾波納當朋友的期間也要扶持他，讓他笑得出來。

這樣便能趨近艾波納不會發狂的未來。不用殺他就能了事最好。

到了會場，就發現艾波納被人群包圍卻顯得孤獨的身影。

去打個招呼吧。首先，要從讓他記得我做起。

Episode7

第七話

暗殺者成為勇者的朋友

The world's best assassin, to reincarnate in a different world aristocrat

為慶祝新生入學，宿舍餐廳擺出了豪華豐盛的大餐，好酒也一應俱全。

「哎，餐點味道不差。」

「以你的標準是會這麼覺得吧，諾伊修。」

餐宴似乎已經先開始了，場面熱絡。

勇者身邊擠了一大群學生。嬌小中性讓人分不出是男是女的艾波納，看起來變得更小了。

在入學測驗前，我便處處禮讓，何況一窩蜂地跟著湊熱鬧，勇者艾波納對我的第一印象恐怕會是閒雜人等。

然而，我現在有首席的招牌。

事實是我一湊過去，人群就分開了。

……我一直都在觀察艾波納，於測驗期間。

正因如此，我知道要怎麼對待他。

來吧，第一次接觸。

「我是跟你分到同班的盧各．圖哈德，請多多指教。」

「你、你好，人家是……不對，我叫艾波納。艾波納．利安諾，請多指教。」

我緊緊握住艾波納伸過來的手。

皮膚厚而硬。可是，有別於出生在武家名門之人，那並不是常日用劍會有的硬度。

這是下田務農導致的。肌肉的長法跟農民相同，看起來似乎沒有練武經驗。

「我們成了同學，以後互相幫忙吧。」

「好、好啊，不過，我根本教不了什麼。」

「不用謙虛啊。艾波納，你的身法很靈活，希望能讓我參考。」

「會、會嗎？那麼，教教我功課。測驗的那些題目，我一點都不懂。」

「好啊，我想我幫得到忙。」

我笑容滿面地攀談，並且逐步打開話匣子。

明明對方是勇者，我卻刻意不用敬語。

因為我知道那就是艾波納所求的。

艾波納以前受過欺凌，一成為勇者之後就被周遭捧上天。無論以前或現在都一樣孤獨，對他人的溫情感到飢渴。

所以，即使被那麼多人圍著也還是顯得落寞。

艾波納想要的是跟自己對等，而且不會用有色眼鏡看他的人。

因此，我便這樣待他。

對話的傳接球有了變化。起初都是我投球，再由艾波納傳回來的模式，現在他也肯主動把球投過來了。這是敞開心房的證據。那麼，差不多該抽身了。

讓對方有些捨不得，還希望多聊一下，在這個階段見好就收是建立良好第一印象的訣竅。

正好有一名教官過來打招呼了。

對方是來通知我過去代表新生致詞。

「不好意思，艾波納，我好像被叫到了。」

「不會啦，這也沒辦法啊，你是首席嘛。明明跟我一樣生在男爵家卻這麼厲害。」

艾波納用有幾分羨慕的眼神看我。

「我不會說出身並沒有關係，但是那不能決定一切。」

「盧各，你好厲害。氣質成熟，又沉著穩重，感覺好帥。而且，看你這樣……似乎不容易壞掉。」

最後一句話，呢喃般的微微細語。若不是我的耳朵，恐怕就聽漏了。

「不容易壞掉」。他說的究竟是什麼意思？

◇

我跟諾伊修一塊移動到宿舍餐廳最醒目的位置後，所有新生的目光就聚集過來了。

先由諾伊修開口。

「我不打算說太長，來談談我最想表達的一點就好。我呢，想跟在場的各位互相切磋琢磨。我是為了切磋琢磨、為了成長而來到學園。為了讓我成長，希望大家趕上我，讓首席之位遭受威脅！一起變強吧。完畢。」

太有男子氣概的致詞令掌聲爆發開來。

挺帥的嘛。多虧如此，我要致詞變得不容易了。

諾伊修用使壞的眼神看我。

原來這傢伙是故意的？

不過，剛才那段話並非為了炒熱現場氣氛才講的，聽得出他是發自本心，所以我並沒有負面情緒。切換心情吧。接下來換我了。

我間隔片刻才開始講話。

「我們離開了各自的領地，待在這裡。坦白講，兩年很久。我想也有不少人其實想把這兩年用來發展領地。」

有幾個人對我說的話冒出笑聲。

「即使如此，身為效忠亞爾班王國之人，我回應了號召。在此所過的兩年誓會收穫豐富，並不會成為多餘的路途。而且，我希望各位也是如此。因為這個國家需要我們的成長來邁向繁榮。兩年後，願我們對來到這裡能表示慶幸，一同努力吧。」

起初有蒂雅和塔兒朵大聲鼓掌，之後掌聲就連鎖性地擴散了。

我講的內容非常做作，不過在這種場合剛好。

教官發表了幾句話收尾，我跟諾伊修則回到原位。

而蒂雅和塔兒朵來到我身邊。

「盧各，你剛才好帥喔。」

「是啊，少爺給人的感覺就是首席中的首席！可惜沒有魔法能把聲音保存下來。」

「謝謝妳們。有點難為情呢。」

「還有，我看盧各少爺好像完全沒吃到東西，就幫忙保留了少爺愛吃的！請用。」

塔兒朵把擺盤美觀的菜餚遞給我。

如她所說，菜色的選擇和分量都合我喜好。

「妳幫了大忙，畢竟菜幾乎都吃完了。不愧正值發育期，大家都好能吃。」

「欸，今天不用再工作了嗎？」

「是啊，我和艾波納取得接觸了。再說，我看上的那些傢伙都在窺探我們這邊的動靜。等會話中斷的時候，對方就會主動過來吧。」

我一邊這麼說一邊環顧四周。

那些傢伙當中的一個立刻就朝這邊走來。

而且，我還看到諾伊修在跟艾波納講話。

他正用跟我不同的方式拉攏艾波納。

無懈可擊。越是高階的貴族，越是需要巧妙待人的技術甚於個人才華，從小就會接受專門的教育。憑他的能耐，這應該只是小意思。

只不過，有一件事讓我看了感到在意，諾伊修是把艾波納當女性對待。明明戶籍上應該是男性……看來這部分有必要重新調查。身在公爵之位，或許手上就是有比我更詳盡的勇者情資。

「蒂雅、塔兒朵，表面上身分是無關緊要，不過……」

「我懂啦。只是檯面話罷了。」

「我會努力不讓少爺蒙羞。」

她們懂這些就不要緊。

有個生在騎士名門，還奪得S班名額的男人過來了。

希望能跟他打好關係。

◇

歡迎會結束以後，我們被領到各自的宿舍。
「居然有三座宿舍，真不可思議。」
「合在一起才省事吧。真不懂有錢人的想法。」
她們倆都顯得不解。
「分開來也是有意義的。哎，妳們看了就會懂。」
我們這一群都是S班的學生及其傭人。
看見總算抵達的宿舍，塔兒朵睜大眼睛。
「這要叫豪宅，而不是宿舍吧？」
「我說過吧，各班級的待遇全然不同。這指的不只是課程，連生活環境也是。」
走進宿舍，一行人就被領到各自的房間。
跟蒂雅分開以後，我和塔兒朵走進分到的房間。
有客廳、廚房及其他三個房間可以任意使用。
家具和擺設都是一級品。只要申請，校方似乎也會答應添增家具。
此外，打掃及洗衣只要委託他們就會幫忙做，周到得沒得挑剔。

「這裡就是我跟盧各少爺的房間對不對？」

「用了傭人名額報考，就要把其中一個房間讓給傭人使用。不好意思，塔兒朵，憑妳的成績循一般管道照樣能入學。那樣的話，妳就有整間房子用了。」

「哪有啊，少爺根本不用不好意思！呃，小女子無才，還請多多關照。跟少爺住一間房……怎麼辦，明明以往也是住同一個家，我卻覺得好緊張。」

塔兒朵在胸前握緊拳頭，還臉紅氣粗，有點恐怖。

而我看著塔兒朵時，傳來了敲門聲，門打開了。

「盧各，你還沒有被塔兒朵怎麼樣吧？」

「蒂、蒂雅小姐，妳在說什麼啊！」

「呼，讓妳跟他在這麼小的房間獨處，真不放心。我要不要也過來住這邊呢？反正除了客廳之外還有三個房間，一人可以住一間。」

「這樣的話，蒂雅的房間要怎麼辦？」

「當作倉庫啊。畢竟大小剛剛好。」

不愧是在城堡長大的正牌有錢人。

「順帶一提，妳有幾成是認真的？」

「這個嘛，差不多十成十吧。你要跟塔兒朵發生那種關係倒也無所謂，可是被她搶先一步總覺得很討厭。」

「我、我不會的！我沒有勇氣跟少爺那樣！」

有勇氣就會嗎？儘管我想這麼問，不過那是地雷。

「總之，蒂雅要住這裡是無妨，隨妳喜歡就好。」

「我也不介意。畢竟在這邊要伺候蒂雅小姐也比較方便。而且老實說，我鬆了口氣。照這樣的話，我不知道自己什麼時候會……咳！」

「那麼，之後我就帶行李過來嘍。」

一人可以住一間，應該不成問題吧。

……寬敞度暫且不提，這件事要是傳到班上同學耳裡，我似乎會被揶揄成開後宮的臭傢伙，但她們在名義上是妹妹和傭人。

「不過少爺，這裡奢侈得嚇我一跳呢。一個學生居然能分到這種房子，真不愧是具備魔力者專屬的學園。」

「哎，只有S班誇張到這種程度啦。A班會分到個人房，但是光擺床鋪、書桌還有收納櫃就夠擠了，B班以下還要跟別人同住，家事不是自己做就要另外請傭人……所以，每次定期測驗都要拚命將上頭的人拉下來。」

那也會成為不錯的進步動機。

我想後段班更是無論如何都希望弄到個人房。

「請等一下，跟別人同住的那些學生，傭人要怎麼照顧呢？」

「在C班宿舍有準備房間，給S班以外的傭人同住。大致上要從那裡到主人的宿舍通勤。」

「表示說，我退步的話就會跟少爺分開……那我絕對不要。為了過同居生活，我要加油！」

「我也不希望那樣。妳可別讓成績退步喔。」

「即使沒有那種好處掛在眼前，有用心進修就會成為自己的財產。」

我一面苦笑一面嘀咕。以塔兒朵的情況來說，宿舍級別看的是我成績如何，她並不用拚命用功。不過，塔兒朵好不容易有拚勁，所以就瞞著她吧

「好的！不過，這間房子真的好棒，連廚房都有。這樣的話，就可以烤蛋糕慶祝少爺成為首席了。」

「慶祝的蛋糕等訓練後再說吧。S班宿舍有健身房，那是預約制的個人房。在那裡就能教導妳們圖哈德家的技術。」

「真的是應有盡有耶。要不然，蛋糕等運動過後再吃，那樣會比較美味，我完全樂意。」

「就是啊。從今天開始，我每天晚上可以跟少爺一起用功、一起訓練，並且同房睡覺……實在太幸福了。我都覺得對瑪荷小姐過意不去了。」

瑪荷目前應該也在商店奮鬥吧。

要另行委託她調查艾波納。

利安諾家有某種隱情。

接著，我們三個去了健身房，就發現那裡也有充實的設備及空間而大感訝異。

這樣看來，新生活會過得十分舒適。

Episode8

第八話 暗殺者上課

The world's best assassin, to reincarnate in a different world aristocrat

在健身房運動過後，我沖完澡回到房間。

就寢前，我思索今天的訓練。

首先，我成功研發出新必殺技了。這招運用了注入魔力越多容量越大的魔法囊。

儘管還有改良餘地，不過招式成形是可喜的。

接著我回顧兩名徒弟。

經過千辛萬苦，蒂雅總算將基礎體力練起來了。原本她就受過劍術指導，才能在這麼短的期間內打好基礎。

差不多能進入應用課程，蒂雅的訓練可說是順利。

問題在於塔兒朵這邊。

「……如我擔憂的，眼睛果然跟不上速度吧。」

塔兒朵透過圖哈德家的肉體改造，以卓越的魔力強化體能，再加上本身風屬性的加速，便能用超高速進行戰鬥。

然而，她的眼睛開始跟不上那種速度了。

假如對手僅屬一流倒不成問題，但是對上我或父親這種等級的人，塔兒朵將輕易遭到反制，難保不會因為那樣的速度而被敵人一擊致命。

有方法能改善。

第一是訓練她只發揮自己駕馭得住的速度。這是實際的做法，卻會抹煞最大長項。

第二是賦予她跟我一樣的圖哈德之眼。

只要有那種眼睛，就能獲得超凡的動態視力。

我已經從父親那裡繼承了施術方式。動手術本身是可行的，而且將來替我的孩子施術之前，遲早得找人先實踐。

……可是，失敗的話塔兒朵就會失明。

最起碼，我希望有實驗品。雖然我已經對罪犯動過好幾次手術，但用在非具備魔力者身上，絕大多數都會以失敗收場，也就只能訓練施術步驟罷了。

我需要具備魔力者做練習，以期萬全。

「下次有暗殺委託時，就抓個適合的對象吧。」

這樣最妥當。

報告已經殺了目標，並且綁來做實驗，做完實驗就殺。

問題是我在學園這段期間實在沒有暗殺的機會。在學中是由父親處理委託。

例外則是目標人就在校內的情況。有這種案例，父親應該會動用我吧。

◇

鐘聲響遍整間宿舍。

起床鐘。

我換上制服，離開房間到客廳。

朝穿衣鏡映出的身影看去。

以黑為底色加入藍線條的制服。

還有，臂章是用金色點綴。這是S班的證明。光看臂章就曉得在這所學園是屬於哪一班，有這個可以在校內設施獲得各種優待。

「盧各少爺，早安。」

「早，塔兒朵。妳那套制服既可愛又合適。」

「這套制服穿起來好合身喔。活動輕巧方便，我自己也很喜歡。」

塔兒朵轉了一圈讓裙襬隨之飄舞。

她的服裝可以說介於制服與女僕裝之間。

用傭人名額就讀的學生在制服款式上有差異，以助分辨。

「我也覺得她那種款式好像比較好，畢竟那比較可愛。」

蒂雅一臉愛睏地揉著眼睛過來了。

跟塔兒朵的制服相比，輪廓修長苗條，而且筆挺。

「會嗎？我覺得蒂雅小姐適合的絕對是身上那一套。」

「我有同感。蒂雅與其穿可愛的衣服，更適合穿秀氣的衣服。」

「……被你們這麼說會害臊耶。不過，感覺有點高興。幸好我跟塔兒朵都能穿到適合自己的制服。」

的確。正如蒂雅適合穿秀氣的衣服，塔兒朵則是適合穿可愛的衣服。

「妳們倆都檢查過了吧，有沒有忘記東西？第一天上學很重要喔。」

「我才不會那麼迷迷糊糊呢。」

「昨天我檢查了好幾次，所以沒問題……好，早餐做好了。」

塔兒朵把盤子擺到客廳。

早餐的菜色有玉米湯。然後，剛烤好的麵包上頭擺了萵苣，再加半熟炒蛋。把塔兒朵的特製番茄醬淋上去吃。

「這些食材是怎麼來的？」

「昨天晚上有人過來問，早餐要配發材料還是在餐廳用。我回答想要材料，今天早上就送到了。」

「不錯的判斷。塔兒朵煮的餐點吃起來習慣又放心。我從昨天用餐就一直繃緊神經，好在有妳下廚。」

「對呀對呀，早上我也希望可以三個人悠哉地度過。比起去餐廳，塔兒朵煮的這些更好。」

就這樣，早晨的時間悠然而過。

餐後，我們還享用了塔兒朵昨天烤蛋糕慶祝沒吃完的部分與紅茶，昨天的疲倦在這段過程中便拋到了腦後。

◇

離開宿舍後，諾伊修就趕來了。

「早啊，三位。難得有機會，一塊去教室如何？」

「早安。那就走吧。」

「哈哈哈，就算是我，一個人也會覺得孤單。從早上就碰到了倒楣事。」

「早上？」

「是啊是啊，早餐我打算在餐廳解決，但我坐的位子似乎是高年級的指定席，挨了一頓罵。雖然對方看在我第一天上學，就破例放了我一馬。」

這間宿舍是S班的學生專用。

那就表示高年級同樣包含在內，像這種狀況也有可能發生。

「上下這麼分明還真麻煩。別的部分好像也有許多規矩，或許小心點才好。」

「也對。我隨意看了看，有找到處得來的學長，就跟他探探情報好了。」

諾伊修說著便笑了。

他也有帶傭人來學園，要在自己房間用餐是可行的。即使如此，他仍刻意利用餐廳，應該是為了建立人脈吧。

或許坐高年級的指定席也是刻意要加強自己給人的印象。

「你在各方面還是節制點吧。」

「……哦，原來你懂啊。嗯，這無非是朋友的忠告，我會注意。」

走了三分鐘左右便來到授課校棟，抵達我們的教室了。

上課前十分鐘進教室，S班卻已經全員到齊。

這間教室有三名VIP。

凱菲斯公爵家的嫡子，諾伊修．凱菲斯。

出自騎士名門，專精戰鬥的貴族，瑪克爾伯爵家的次子，芬恩．瑪克爾。

勇者艾波納．利安諾。

其他人也很優秀，但還不到要注意的程度。

最好別跟諾伊修或芬恩敵對。

家世固然好，但他們本人更是優秀。

光比純粹的劍術，芬恩就勝於我。

頭腦亦佳。我在昨天的派對跟芬恩聊過，感覺得到他沉靜少言，思緒卻相當敏銳。

有別於諾伊修，他不會炫耀自己的能力，但是藏著一身好本領就讓人鬆懈不得。

「早安。」

我滿面微笑地向同學問候，大家便出聲回應。

至少在表面上，S班似乎沒有人因為我是男爵家出身就看扁我。

諾伊修和我講了兩三句話以後，就去了芬恩那邊。

他恐怕是想攏絡芬恩吧。

憑諾伊修的眼光，應該會察覺芬恩有多優秀。

當我們摸東摸西時，教官來到教室，同時鐘聲響了。

「看來人到齊了。那麼，先來打聲招呼。我是這個班級的級任教官邁爾・杜恩。」

這所學園的教官大多像他這樣，有副飽經鍛鍊的身軀。

黑色肌膚的肉體魁梧強壯，目光銳利，身上的氣息屬於知曉實戰之人。

「現階段，諸位在學園裡擁有高人一等的實力……不過，只是現階段而已。半年後會怎樣，沒有人知道。」

半年後。那是舉行測驗的時刻。

視定期測驗的結果，前段班與後段班會有幾個人交替。

「你們應該是這樣想吧。優秀的自己得到了受優待的環境，不可能被人迎頭趕上。某方面來說是對的……然而，想爬上來的人會有多執著，超乎你們想像。每次測驗，班級成員都會出現變動。要有危機感，否則你們應該早晚會從這個班級消失。」

……意思是不想被剝奪現在的環境，我們也得拚死命才行。

「那麼，開場白就說到這裡，來上課吧。你們身為亞爾班王國之劍，要在這兩年培育出應有的實力，以及不負其才的教養……有一件事我忘了說。你們獲得了最頂級的環境，希望你們在表現上與其相符，S班是這所學園的門面。」

學生們點頭，在學園的第一堂課開始了。

最初是靜態學科。

從這個國家的歷史學起。我側眼看了同學們的狀況，馬上就發現勇者艾波納已經一個頭兩個大了。

之後我再表示要教他功課，藉此製造講話的機會吧。

忽然間，我感受到懷念的氣息。

看向窗外，有白鴿在飛。

圖哈德家使用的特殊信鴿。那隻鴿子正朝我的房間飛去。

會用那種信鴿和我聯絡的人只有父親與瑪荷。

父親鮮少與我聯絡，而我昨天才另行委託瑪荷調查艾波納。雖說她能力優秀，調查結果根本還沒出來就是另外有事了。

……上完課就立刻回去確認吧。

假如寄信者是父親，八成有十萬火急的暗殺任務；若是瑪荷，歐露娜大有可能出了她與義兄兩人都無法處理的天大麻煩。

Episode9

第九話——暗殺者挑戰勇者

The world's best assassin, to reincarnate in a different world aristocrat

當天的課程結束。

第一天只上靜態科目就放學了。

「盧各，下午要不要去咖啡廳？我想我們S班全班同學都應該團結在一起。」

「抱歉，我今天不方便。改天再約吧。」

我知道跟全班加深感情的機會寶貴。可是，我希望盡快確認信裡寫的內容。

「那真可惜。」

「盧各不去的話，我也回宿舍嘍。」

蒂雅這麼說道，塔兒朵則跟著點頭。

「不，妳們倆還是去吧。我們幾個全都不參加實在不妥，希望妳們倆能代表圖哈德家去。」

要避免三個人一起被孤立。

只要她們倆過去露面，就能牽起關係。

「知道啦，盧各，我會連你的份一起跟大家好好相處。」

蒂雅就是在那樣的政治環境生活過，即使不多說也能理解我在這方面的想法。

我對顯得不安的塔兒朵投以微笑，然後一個人回到了宿舍。

◇

信鴿正在宿舍的鳥籠休息，牠腿上綁著書信。

「辛苦了，飛來這裡很累吧。」

把信回收以後，我摸了摸白鴿。

我攤開信紙。

「父親寄來的啊。是否該高興真不好說。」

寄信者是父親。

內容則寫到：在不熟悉的學園生活有沒有搞壞身體？有吃營養的東西嗎？手頭有困難的話家裡會派人資助。諸如此類。

這是假象。

我那父親才不可能為了講這些就專程用信鴿發訊過來。

信鴿這玩意兒被其他人撿走便有洩漏情報的風險。

正因如此，信中內容帶有暗號，外人看了會覺得「只是父親在為兒子操心」。

如果字面上讀不通，則會讓人懷疑另有玄機。

我逐步解讀那些暗號。

「……原來如此，難怪爸會聯絡我。」

看了內容，只能笑而已。

因為信上提到有暗殺者潛入學園，想對勇者艾波納不利。

父親要我把暗殺者揪出來宰了，這事已經先跟校長知會過，似乎還可以得到後援。

關於暗殺者的情資不在信裡，非得從過濾該殺的目標做起。

「叫我保護艾波納不受暗殺威脅？什麼玩笑啊。有誰殺得了那種人就殺殺看吧。」

我從見到艾波納以後就一直在尋思要怎麼殺他，卻想不出答案。

連在他完全鬆懈的狀態幾乎都會失敗。

我模擬艾波納跟我熟了以後，趁他毫無防備地找我講話時動手暗殺的情況。結果是以失敗收場。

……以現狀而言，成功率最高的暗殺方式是動用【昆古尼爾】。

而且不能只用一發。

趁艾波納睡著時，不停發射【神槍】轟炸直到魔力無以為繼。

用這套方案，我推測有兩成的可能性殺得了他。

如此的對手到底有誰殺得了啊？

「……算了，找找看吧。」

也許勇者有我不曉得的弱點。

想殺勇者的我居然要保護勇者，太諷刺了。

◇

傍晚，我來到健身房。目前正在跟塔兒朵進行模擬戰。

塔兒朵展開加速。體能強化搭配風魔法加速的多重技巧。

我也使出同樣招式。教塔兒朵這一手的人是我，我不可能辦不到。

雙方的速度勢均力敵。

可是，開始有明確差距出現了。眼力的差距。塔兒朵連自身行動都無法充分掌握，跟完全看清楚的我根本不能比。

約過三十秒，勝負揭曉，塔兒朵的槍被我打落了。

「果然，我一點也贏不了盧各少爺……」

「不，妳很有長進。畢竟我有作弊的地方。」

「是那雙眼睛嗎……真令人羨慕。」

「塔兒朵，妳想要這種眼睛嗎？」

我想把這種眼睛賦予塔兒朵，但這或許是一廂情願。

「當然了。有那種眼睛，我就可以提供少爺更多助力，更重要的是，可以變得跟少爺一樣。」

「只要妳願意，我認為是可以給妳。不過要是發生萬一，妳會有失明的風險。妳要把這考慮進去再做判斷。」

「不需要苦惱啊。就算那樣，我還是想要。何況少爺才不可能失手，萬一失敗，我也不會後悔。」

「……被妳這麼說就絕對不能失手了呢。我不想辜負妳的信賴。」

失敗也不會後悔。正因為她如此信任，我絕不想讓她喪失光明。

……對了。要是找出想對艾波納不利的暗殺者，就拿那傢伙試到滿意為止吧。都派他殺勇者了，肯定是強大的具備魔力者。

反正要殺，就應該有效利用。

「欸，盧各，我有個提議。替眼睛動那種手術，一次先試一邊不就好了嗎？其中一邊順利，再做另外一邊，這樣最糟的情況下也只有一隻眼睛會失明。」

「好主意。動手術時就這麼做。」

「盧各少爺，什麼時候要動手術呢？」

打從心裡信任我的塔兒朵亮著眼睛問。

「別那麼急，大概在一個月後。我也有事情要準備。」

有這麼長的時間應該就能抓到暗殺者，也做完練習了。

「我會期待的……不過，讓我得到那種眼睛好嗎？那是圖哈德家的最高機密吧？」

「無所謂，因為妳是我的家人。我並不是心血來潮才提這些，父親也有准許，他說只要我肯負起責任就無妨。」

塔兒朵從小就一直侍奉我，她並不是區區傭人。

「家人，還有責任……呃，那個，啊哇哇哇哇。」

塔兒朵面紅耳赤地低著頭。

「……姑且先聲明一下，不是妳想的那種意思。再說，萬萬要避免得負責任的狀況發生。」

畢竟這裡所說的責任，指的是賦予眼睛的塔兒朵一旦背叛就要清理門戶。

「我、我明白，少爺的意思我都明白。」

這孩子的這種個性實在很可愛。

一瞬間，我想像了真的如塔兒朵所想那樣成為家人的那一天，心裡暖洋洋的。

◇

學園開始上課後經過一週，實戰訓練便開始了。

學園生活始終順利，目前想對艾波納不利的暗殺者也沒有動作。

今天所舉行的模擬戰會視學生的實力來決定組合，用的武器並沒有開鋒，彼此以劍互搏，甚至動用魔法都是被允許的。

塔兒朵比試過後，從場地下來了。

她的對手並不是傭人名額入學者，而是靠實力考進的第五席，但是驚險獲勝了。

「少爺覺得怎麼樣呢？」

「槍法不錯。只是，妳有幾個失誤讓我在意。首先……」

塔兒朵一臉認真地細聽。

這種坦率，還有把教訓活用於下一次的學習能力，是塔兒朵的最大武器。

當我講解這些時，在班上展現正統派劍術過人才華的諾伊修和生於騎士名門的芬恩開始比試了。

所有學生看得入迷。

正因為這兩人的劍術都屬正統派劍術，過招實在華麗。

雖然最後諾伊修贏了，但是誰贏都不奇怪。

接著，終於要輪到我了。

……這些組合是考量到實力而安排的。

排前面的諾伊修、芬恩、蒂雅、塔兒朵都已經比試完了。

這樣的話，剩下的對手可想而知。

「下一組，艾波納．利安諾、盧各．圖哈德。」

自然會變成這樣。

實際與勇者交手並親身感受其力量，以收集情報來說是最有效率的。

不過，要能活下來就是了。

聽說在測驗時與艾波納對戰的騎士團長至今仍在病床上。

接受超一流的回復術士治療還是這樣。

教官之所以選我，也是考慮到我以外的人上場會傷成那樣。某方面來說，算是無上的肯定。

「呃，盧各，請多指教。」

「是啊，讓我們堂堂正正地發揮平日鍛鍊的成果吧。」

「跟你說喔，我會小心的，所以別壞掉喔。」

「好的，我盡量加油。」

真的要讓我跟他打？我帶著這種意思看向教官的臉。

教官只是點點頭。

「你們兩個都準備好了吧。」

「我無所謂。」

「我也可以喔。」

我舉起未開鋒的劍。我完全無意用劍跟他鬥。假如不是用最熟悉的戰法，就避免不了事故。

教官舉起手。

與此同時，我把魔力灌注在眼睛。

沒有將圖哈德之眼的力量提高到極限，不，更甚於此，我會連他的影子都追不上。過度的強化造成劇痛，但我硬是靠【超回復】一邊治療一邊保持那樣的狀態。

「開始！」

就在那一瞬間，艾波納消失了。

之前看過的，他與騎士團長那一戰即將重演。

然而，我有強化到極限以上的圖哈德之眼。

勉強能看見。所以我往旁邊墊步，並將短刀留在現場。

只是把那擱在半空中。

假如連手臂都留在原位還手迎擊，我的手臂會碎。

勇者艾波納的步伐踏碎擂台，我留下的短刀像子彈一樣震飛出去，插到觀眾席上。

雖然我勉強躲開了，可是光風壓就把我震開了數十公分。

而且，雖然只有一丁點痕跡，我留在半空的短刀對勇者艾波納造成了挫傷。

照他這種速度，無論撞到什麼都會傷勢慘重才對，真是硬得誇張。

「……被躲開了，我的這一擊。盧各，你果然沒壞。」

他在笑。純真無邪地，彷彿打從心裡感到高興。

然後，艾波納看向我這裡。

第一招躲過了，那接下來該怎麼辦呢？

這場搏命的實戰練習，我要盡情享受個夠。

Episode10

第十話——暗殺者受勇者認可

The world's best assassin, to reincarnate in a different world aristocrat

起手的頭一招設法防禦住了，我側眼看向教官。

果然，光那樣不會舉手喊停啊。

由於這次的模擬戰是在上課，只要結結實實打中對手一招，比試就結束。

然而，光把短刀擱在半空的那一擊，教官似乎不認同是我得手。

假如能那樣結束就輕鬆了。

「盧各，我要接著上嘍。」

艾波納顯得由衷開心，血氣衝上臉部，還高舉手臂朝我攻過來。

這場戰鬥好像讓他樂在其中。我以為他不是這種性格，因此更感到意外。

艾波納的武器是離譜至極的體能。

光這樣就壓過了我至今累積的一切。

不過，要找破綻是有。

預備動作大使得他的企圖顯而易見，身法也拙劣，攻擊與攻擊之間需要蓄勢。

更重要的是，艾波納的攻擊太過直率了。

越接近一流就越是曉得戰鬥並不會盡如己願。

所以要一邊觀察對手行動一邊穿插假動作，下工夫在途中切換招式。

然而，艾波納的動作就是個外行人。

預備動作大，攻擊又直來直往，實在很容易預判。

躲過兩三次以後，我就漸漸適應了。

可以親身體驗勇者的速度以及出手習慣，這是大有助益的，我連弱點都看出來了。

勇者的體能超乎常理，動態視力也異於凡人。不過，光比動態視力還是圖哈德之眼勝出。

能得知這些是相當豐盛的收穫。

……假如沒辦法五體健全地從場上離開，也就無所謂收不收穫了。

「好厲害，好厲害，為什麼都打不中呢？明明你比我還慢！」

腦裡刺痛閃爍。過度壓榨的腦部正在哀號。

看得太清楚的眼睛與過度提升的集中力。在這種狀態下硬是閃躲使得我一招也沒有被打中，但我的身體已經殘破不堪了。

每次躲開致命攻擊便汗流如注，壽命好似隨之縮短。

久戰下來，心思逐漸耗弱。

【超回復】可以回復體力與魔力，效能卻沒有遍及精神力與集中力。

感覺我是撐不了多久了。

然而，心不能亂。焦急何止無法改善事態，還會造成破綻。

「怎麼了嘛！盧各你也攻擊啊。要不然，就算不上訓練嘍！」

這我曉得。

可是，只要稍微分神在攻擊上，就會來不及閃躲。

那種攻擊力受也受不住，縱使防禦也會被打成廢人。

因此我沒有閃躲以外的選擇。

不過，就差一點而已。

眼睛開始適應了，記住艾波納的呼吸與習慣之後，套路也猜得出來了。

而且大概是不耐煩的關係，艾波納出手的動作越來越大刀闊斧。

「給我中，給我中，給我中！」

打不中，這樣的焦慮導致他想動得更快，開始用上了多餘的力氣。

本就單調的動作變得更加單調，甚至連後面幾招都能料到。

於是，艾波納在這種情況下就會指望最擅長的一招。

打趴騎士團長的那一擊來了。單純在邁步之後使出上鉤拳。

我並沒有像之前那樣從預備動作來判斷，比那更早一步，我在艾波納進入攻擊模式的同時就採取動作了。

那已經達到預測的境界。

不，連預測都不算。是我誘他那麼做的。只要認清楚習慣與呼吸，就能誘導對手的動作。

不做到這種地步，我便無法爭取轉守為攻的時間。

這一套能管用，就是艾波納的弱點。

……碰上有一定本事的人還玩這種花樣，對方就會改用其他攻擊手段了。

然而要這樣對付我，艾波納既沒有本事也不夠冷靜。

明明我已經比艾波納的預備動作先一步行動，他還是死腦筋地邁步，並朝我揮拳。

我勉強來得及躲到拳路之外，接著我抓準他完全伸出手臂而停頓的那一瞬間，以短刀突刺還手，開場時我只是把短刀擱著，但這回刺中了。

短刀發出碎裂的沉沉響聲，下個瞬間，我就被風壓震到擂台的遙遠彼端，出界了。

我連像樣的護身動作都來不及擺，還在地面撞了好幾下才總算停住。

……唉，抓準機會迎面還手，就弄成這樣。

出手的一方反被震飛，別開玩笑了。實在幹不下去。

「勝者！盧各。」

教官似乎都看在眼裡，我出界前的有效打擊獲得認同，撿到了一場勝利。

「好厲害喔，盧各少爺！」

「唔哇，難以置信，他居然贏過那個跟怪物一樣的勇者。」

「我本來就相當看好盧各，但他超越期待了呢。芬恩，你有把握做到跟他一樣的事嗎？」

「開玩笑。別說還手，我連躲都沒有把握……盧各・圖哈德，他有不得了的好眼力和預判能力。儘管不甘心，勇者就不用說了，我也完全不覺得自己能打贏盧各。諾伊修，你又如何？」

「我也這麼覺得。正因如此，我才想要他。你和他若能聽命於我，就沒有辦不到的事情。」

觀看我們戰鬥的同學感到興奮，並討論我們這場戰鬥。

……仍藏著底牌的我勉強戰勝了呢。

我只用了圖哈德之眼以及動態視力強化，而且那並不是遠遠就能看清的。

我想起身，卻站不起來。

呼吸紊亂無比。腿在發抖，全身汗流浹背。

看來消耗比我所想的還嚴重。

並不是體力上的消耗，而是精神上的消耗較大。

……一想到這如果是實戰就讓人毛骨悚然。

我疲勞困頓，全身挫傷，手臂骨頭都裂了，艾波納卻只有額頭留下一絲傷痕而已。別說讓他打中一次，我被擦到就玩完了；而他即使被我反擊也沒有多少傷害。

著實令人反感。

非要我殺這樣的貨色？

而艾波納過來，向我伸出手。我抓住那隻手之後就被拉了起來。

「盧各，能遇見你真好。下次，我還想跟你交手。」

這句話加深了我對他身為戰鬥狂的疑慮。

難怪他會講出「我似乎不容易壞掉」這種聳動的話。

「嚇我一跳，沒想到你喜歡戰鬥。」

「不是那樣的。因為我是勇者，因為我跟米蕾約定過，要變強才行。為此我得多接受訓練，可是我一出手就會讓所有人壞掉。我想變強，卻沒有辦法變強。」

強得壓倒眾人才有這種煩惱。

跟艾波納進行模擬戰還能全身而退的人並不多。

「我一直在擔心，照這樣下去要是跟比我強的魔族戰鬥就會輸。可是盧各，你不會壞，所以我可以好好地做訓練，而且我也能練習保有自我。終於可以變強了。欸，能不能像今天這樣再陪我打模擬戰？盧各，只有你能陪我了！」

艾波納的身手會那麼笨拙，大概是因為他都沒辦法做像樣的訓練。

許多技術只能在戰鬥中學會，他卻沒有對手。

他並不是喜歡戰鬥，似乎是出於身為勇者的使命感，還有跟名叫米蕾的人之間做了約定，才讓他說出那種話。

假如我接受這個提議，對艾波納來說，我將成為無可取代的存在，還能建立深厚的情誼。

話雖如此，我必須搏命。

要是一再重複這種事，我應該會壞掉吧。

就算這樣……

「好啊，樂意之至。畢竟我也有收穫。」

透過這種搏命的戰鬥，我肯定也會變強。

一邊摸透勇者，一邊也讓自己變強，還可以獲得他的信賴。那麼，賭上性命便有其價值。

「盧各，那我就去拜託老師，請他安排你在每一場模擬戰跟我打喽！」

「哈哈哈，那真是榮幸。不過，由我獨占跟勇者交手的機會，感覺太狡猾了。大家應該也想跟你過招吧。」

我看了班上同學的臉，想找人求助，但所有人居然都把臉轉開……連塔兒朵和蒂雅也是。

他們心裡也都明白。

跟艾波納打模擬戰會有性命危險。

「看來大家都沒有意見呢。下次，我不會輸給你喔！」

這個瞬間，班上便敲定模擬戰都由我搏命奉陪。

……先做好受重傷的心理準備吧。

不過，千萬得避免讓自己傷到留下後遺症。

◇

那一天，課程上完以後艾波納表示靜態科目有不懂的部分要問我，我教完他才對蒂雅及塔兒朵進行訓練，然後總算回到了房間。

上靜態科目時，可以感覺到艾波納對我比以前更無戒心。

果然，接受那個提議似乎是正確的。

回房以後，我發了委託調查勇者提到的米蕾這個人。

身為暗殺者的直覺告訴我，那正是勇者的弱點。還有，處理完以後我脫掉塔兒朵的衣服，替她檢查身體狀況，並且排定訓練的課表。

敲門聲在我忙著這些時傳來。

我用眼神對塔兒朵示意，要她穿好衣服。

門打開了。

在那裡的是金髮美少年。

「嗨，盧各，你今天太厲害了，大開眼界的我帶了謝禮來慰勞你。」

「是諾伊修啊。既然你知道我累了，能不能放我散散心？」

「啊哈哈哈哈，這樣好嗎？我不只帶了這份伴手禮來慰勞你，還打算分享你想知道的情報才過來的耶。」

「你是指艾波納的事？」

「沒錯。艾波納·利安諾。那個女的有祕密。」

「……女的。她果然是女性嗎？」

戶籍為男，在這所學園也是以男性身分入學。

「會用『果然』這種詞，表示你也隱約注意到了吧。」

「差不多，雖然有衣服遮著，但她的骨架屬於女性。再說，看你對待她的態度就曉得了。你對我是以平起平坐的朋友立場拉近距離，卻打算用情人的身分接近她。」

「哈哈哈，穿幫了嗎？我認為訴諸男女之情才好辦事。像那種女生，對她好一點就會輕易投入我的懷抱了。」

諾伊修說著就被塔兒朵投以白眼。

塔兒朵有她純情的地方，所以聽這些會覺得排斥吧。

「塔兒朵小姐，別用那種恐怖的眼神看我嘛。我並沒有要玩弄她的意思。只要能拉攏勇者，我的夢想就近了。假如有發展成男女關係，我打算照顧她到最後，也會好好愛她。雖然動機如此，但我是認真的喔。」

「是嗎？」

塔兒朵應聲。

「然後呢，你會對我攤牌，是因為要那樣做有困難了吧？」

「答得漂亮，經過今天那一戰，她似乎已經傾心於你……雖然我只要學你，證明自己即使跟她交手也不至於壞掉就行了，不巧的是，憑我的本事無法奉陪。真難相信呢，你居然可以應付她那樣的速度。」

「勉勉強強就是了。」

「唉，既然要成為情侶似乎有困難，我打算改用跟你是朋友的立場來親近她。這樣的話，由你跟她加深關係會比較方便……好了，進入正題。要說到她為什麼會被當成男的扶養長大……」

我聆聽諾伊修的說明，內容大致如我想像。

貴族的女子會被當成男性養育，頂多也就這麼點理由。

「諾伊修，謝謝你。這樣我似乎可以和她處得更好。」

「幸好有幫到你。那麼，我走嘍。或許說這些是多管閒事，我想你別陷得太深會比較好。」

「我了解。我跟你不一樣，並沒有打算把她當情人對待。」

距離感必須拿捏得當吧，即使被信賴也不至於依存的地步。

當我說不打算把她當情人對待時，塔兒朵就在旁邊鬆了口氣。我不希望讓這孩子或蒂雅難過也是理由之一。

「諾伊修，能不能拜託你一件事？明天放假對吧。我有事要處理，人不在這所學園，麻煩你幫忙顧著艾波納。」

「要我顧著她啊。我明白了，雖然我絲毫不覺得她那樣需要有人保護，但我答應你……答應歸答應，相對地，能不能把塔兒朵小姐借我一天？我想跟她約會。」

「如果這是答應的條件，我就不拜託你了。」

我立刻回答。誰會用這種方式利用塔兒朵。

「真可惜。剛才說的就當作玩笑話吧。別生氣。我只是中意塔兒朵小姐才想跟她約會。不然就算你欠我一次好了。我差不多該走嘍。」

「抱歉。」

幫忙顧著她。諾伊修光聽這一句就懂了。

因應有暗殺者要對艾波納不利，父親指示我要配合校方處理這件事。

圖哈德公爵已經布好局才會有這種特例。

或許諾伊修也已經從校方得知狀況了。

「盧各少爺，呃，謝謝你……假如少爺要我去，我會跟那個人去約會的。可是，我非常討厭那樣，少爺肯拒絕他，我覺得非常非常開心。」

「當然了，塔兒朵，妳是我重要的家人。」

「……！以後，我會更加努力為少爺付出的！」

塔兒朵用熱情的目光望著我。

感到害臊的我轉開臉，改變話題。

「對了，蒂雅是怎麼了？從訓練後就沒有看見她。」

「蒂雅小姐好像在圖書館查資料。訓練結束後，她換完衣服就直接過去了。」

「畢竟這裡的圖書館藏書量驚人嘛。哎，也罷。之後再告訴她……塔兒朵，我有事拜託妳。明天放假，能不能幫我做便當？我打算去野餐。」

「啊，好棒喔。我會下工夫做的。」

野餐是為了讓一直繃緊神經的她們倆放鬆，也是為了測試我的新必殺技。

還有，我要設陷阱對付想對艾波納不利的暗殺者，一石三鳥。

野餐的地點遠離街道，位在我精心挑選的地方。

在那裡大鬧一番應該也不會有問題。

Episode11

第十一話　暗殺者一試絕技

The world's best assassin, to reincarnate in a different world aristocrat

我們出門野餐了。

塔兒朵手拿野餐籃，貌似心情絕佳地走著。

她從早上就在賣力做便當，真期待之後開動的那一刻。

相對地，一臉愛睏的蒂雅打了大呵欠。

「妳昨天拚到很晚吧。」

「嗯，不過終於完成了喔。最後缺的一塊拼圖就在我從圖書館借來的書裡……好睏喔。」

「新魔法嗎？」

「對呀，你拜託我的。以往都在研究更強大的魔法或者更複雜的魔法，但我構思了專精於速度方面的魔法。我把情報壓縮到極限，讓簡短至極的術式成立了。雖然威力平平，精度也不能算好，但發動起來就是快又靈活喔。」

「太令人感激了。無奈在實戰上，魔法一直都不太好用。」

魔法得有唱誦的步驟。

要一邊近身搏鬥一邊唱誦是非常困難的。

實戰中，除了【風之鎧】一類的魔法外，幾乎都派不上用場。

塔兒朵愛用的【風之鎧】，可以隨心所欲地讓風化成鎧甲穿在身上，因此戰鬥前先完成唱誦就有一段時間都能獲得其恩惠。

可是，絕大多數的魔法都無法那樣使用。

魔法士的作戰風格原本就是讓前鋒保護，一面將魔法唱誦完成。

……不過，我想設法解決這種無奈就跟蒂雅做了許多研究。而這就是我們的成果。

我解讀蒂雅所組的式子。

壓縮到極限的術式甚至讓人覺得有藝術美感。

多高的才華。這我是組不出來的。

「好式子。立刻用我的【編織術式者】納為新魔法吧。」

「哼哼，才三行而已喔。我們花不到一秒就能發動。」

「是啊。」

為了進行高速唱誦，我們都訓練過舌頭，可以辦到遠比常人快的唱誦。

短短三行的魔法術式只需一秒……不，連一秒都不用就可以發動。

這樣的話，就能在戰鬥中即刻動用了吧。

「可惜是火屬性，我沒辦法使用。」

「塔兒朵有【風之鎧】不就好了嗎？」

「那一招是靠著在戰鬥開始之前小聲唱誦，就能在實戰上使用，可是一旦解除就無望重新施展了。」

這倒也是。

正因為是強大的魔法，唱誦時間也長。

塔兒朵巴望地看著蒂雅的臉。

「知道了啦，我也幫妳組風屬性的術式。不過相對地，妳要再幫我烤蛋糕喔……塔兒朵烤的蛋糕明明沒有用昂貴材料，卻莫名其妙地好吃呢。明明用的技術也沒有比我們家裡的甜點師傅高明。」

「呃，那是因為裡面有滿滿的愛嗎？」

「妳怎麼用疑問句啊。」

塔兒朵和蒂雅彼此笑了起來。

「話說回來，這座山好容易爬喔，正適合讓人野餐。」

「蒂雅小姐說得是，山路修得好整齊耶。」

「因為這一帶會用於行軍，路況都有在維護。」

未經開墾的山爬起來會很累。

從這方面來想，這座山有路可以走就很不錯。

「差不多要偏離山路了。接下來，可就不像之前那樣嘍。在野徑後頭，有塊不錯的地方。」

「這就是少爺說不能穿傭人服的原因吧。穿那套衣服踏進這種地方，裙子還有其他部分都會被勾到。」

「就是啊，這套衣服活動方便又好穿。」

我們三個都穿著圖哈德家的戰鬥服，然後在外頭披了斗篷。

暴露的部位少，樣式又貼身，因此要跋涉野徑也很方便。

我把繩索併疊起來塞進包包，然後往前進。

我領頭一邊用短刀劈開礙事的樹枝一邊前進，來到了目的地。

「哇啊，好漂亮的河灘喔。地方還這麼寬廣，水聲可以療癒身心。」

「在這裡就能盡情試招了呢。」

「對，所以我才選了這裡。先來填飽肚子吧。」

「好的，我要打開便當了喔。」

塔兒朵鋪了條墊子，然後打開野餐籃。

今天她做了大塊的肉派。

將派切開以後，加了滿滿絞肉的肉醬就從中露臉。看起來實在很美味。

◇

用餐完畢。塔兒朵做的肉派美味得一如期待。

「對了，盧各，你不顧著那個男生好嗎？」

蒂雅指的應該是艾波納吧。

我有告訴她們倆有暗殺者要對艾波納不利的事。

「妳也看過我們之間的模擬戰吧，像他那樣恐怕沒人殺得了。更何況，我有拜託諾伊修幫忙顧著。這是表面上的安排……我讓他露出破綻並且設了陷阱。順利的話，對方就會上鉤。」

我從得知艾波納被盯上的那一天就在進行調查。對方雖有露出痕跡與氣息，卻只是遠遠地保持觀望，並沒有採取行動。

因為對方是慎重的暗殺者才會如此吧。

可是像這樣露出破綻，或許就會有動作。

「既然你都有想到就好。」

「當然了。」

如蒂雅所說，我不擔心艾波納被殺。

「那麼，我們開始吧。蒂雅，我抄下剛才的術式了。妳用用看這個。」

「嗯，我試試。可以在極近距離用的高速魔法……看著吧。」

蒂雅進行唱誦。

「【瞬炎】。」

魔法在不到一秒的時間發動，火炎噴湧而出。

由於內含強大魔力，溫度極高。

要燒死人應該輕而易舉。

「嗯，只是釋出火焰而已。因為沒有收斂，很快便會往旁擴散，但就是具有即刻反應的效力。而且灌注越多魔力，威力就越高。」

「就是啊，這很方便。好就好在處於任何態勢都能施展。」

比如說，以劍互搏時亂了陣腳，在面對下一波攻擊避無可避的情況下，就可以把火焰灑出來運用。

不到一秒就能發動的魔法在對手看來是出乎意料。

沒有見識過的就會無條件中招。

「妳幫忙研發了不賴的魔法。」

我也試了一試，非常方便好用。

灌注全副魔力之際，火力便相當可觀。

雖然有射程短的弱點，但是在容忍範圍內。

「看過兩位使用，我重新體認到了。我也想要這樣的魔法。假如能換成風魔法，我就可以颳走對手，也可以穩住陣腳，或者一口氣加速，或許用起來比火焰更方便。」

對此我同意。雖然跟風之鎧用途類似，能即刻發動仍是一大優勢。

「哎，包在我身上。我也會寫風魔法術式。雖然我不能用，不過妳跟盧各用起來似乎都能得心應手。好啦，我的魔法實驗完畢嘍。接著換盧各了。」

「也對，來展露我的絕技吧……我一直在思索【鶴皮之囊】還有它的用法。結果，我想到可以有效運用不管多少武器都能裝著到處走這一點。比方說，我那招【槍擊】。用那招鑄出火槍，然後裝彈，再以爆炸魔法開槍，這樣的用法太花時間。」

「對啊。用那只皮囊，從一開始就可以在子彈上膛的狀態把槍帶著走，發動時間便會縮短。不過，那樣會不會嫌樸素呢？」

「光那樣是嫌樸素。但是，我說過了吧，不管多少武器都能帶著走。所以，我也可以辦到這種事。」

我切斷對魔法皮囊供給的魔力。

於是，異空間收縮，內容物一口氣撒了出來。

撒出來的武器尺寸同戰車砲，並非【槍擊】而是【砲擊】所用，而且有二十門。

不用介意尺寸的話，就應該選擇威力更高的大砲，只要增加數量，攻擊力也就會跟著提升。

砲身裡裝填的不是砲彈，而是琺爾石碎塊。裝一整顆琺爾石會讓砲身承受不住。因此，我調整了大小以便讓砲身承受。

我對所有琺爾石注入魔力，使其進入臨界狀態。

嘎吱作響的琺爾石出現即將炸開的徵兆。

不僅如此，我還讓從剛才持續唱誦到現在的魔法完成。

「【就位(Set)】。」

我以磁力形成的力場來控制所有砲門的方向，固定於半空的二十門大砲開始低鳴。

看慣這一套以後，用不著我提醒，蒂雅和塔兒朵都已經捂住耳朵，半張嘴巴

「【砲門齊射(Full fire)】！」

二十發【砲擊】在同一時間施放。

單發無法比的威力與範圍。

河川的對岸化為焦土。

大成功。

……不過，有一個失算的部分，我想把大砲固定在半空開火，砲門卻承受不住後座力，全都彈到後方去了。

在後面有自己人的時候太過危險，不能這樣用。

果然，還是得固定在地面開火，要不然就是改成無後座力砲，必須設法改進。

不管怎樣。

「這就是我運用【鶴皮之囊】創的絕技，可以同時讓幾十發【砲擊】對目標開火。要取名的話，就叫【砲門齊射】。」

每一發威力都匹敵戰車砲的齊射。

而且還幾乎不用花時間準備，要稱作新絕技應該不成問題。

「盧各，你到底想把這種魔法用在什麼地方啊！要對付龍都綽綽有餘了！」

「少爺，至少我覺得這不是對人類使用的魔法。」

「對上勇者的話，即使這樣還是靠不住。雖然我想用【昆古尼爾】射他，但是那在戰鬥派不上用場。我試著創了這招來當成次一手。」

在勉強可於戰鬥中使用的發動條件下追求威力的結果便是如此。

「太過火了啦！」

「我說過吧。即使這樣還是靠不住……實際交手過的我就是知道。」

勇者便是強到這種地步。

「那麼，絕技練習完畢了。接下來是久違地運用寬廣場地的訓練。把妳們至今的訓練成果秀出來。」

「好啊，就讓你看看我成長後的模樣。」

「盧各少爺，我也一樣變得更強了！」

後來，我澈底鍛鍊了她們倆。

久違的寬廣場地，餐點又美味，這次訓練可以說比平時更有助益。

蒂雅甚至用盡了體力，回程得由我揹她回去。

「盧各少爺，今天好開心喔。」

「對啊，到戶外活動不錯。」

今天放了個好假。

……回去之後就來檢查陷阱吧。

假如暗殺者有上鉤，那就更好了。

Episode12

第十二話　暗殺者暗殺暗殺者

The world's best assassin, to reincarnate in a different world aristocrat

深夜，我從房裡溜了出來。

為了檢視自己設的陷阱狀況怎樣。

從父親交代過有人想暗殺艾波納以後，我便盡可能待在艾波納身邊並警戒四周。

這麼做就讓我感受到了想對艾波納不利的暗殺者氣息。

然而，暗殺者似乎既慎重又小有本事，遲遲不讓我揪到尾巴。

所以說，我換了方針。

既然揪不到暗殺者的尾巴，乾脆引誘對方自己露出來。

為了逼暗殺者行動，我要讓對方覺得「只能趁這時下手」。

我表現得像護衛一樣，以便為此做準備。我並沒有做得很露骨，而是表現得有如奉了祕命行動的【隱藏護衛】。然而，能看穿的人就是會看穿。就是如此的舉手投足。

人這種生物很不可思議，對於從他人口中聽來的情報或者俯拾即是的情報，明明會懷疑或許是假情報，卻會無條件地相信靠自身能力看穿的情報。

這次的手法也一樣。如我所要的，對方自以為看穿我是護衛了。

如此一來，暗殺者就會開始把握我離開的時段。

而我將不在的時段暴露給對方看了。

找諾伊修代替我也是陷阱之一。

護衛完全拋下任務會讓人起疑，因此我找了身手高強的諾伊修代班。

然而，以諾伊修的情況來說，就算正統派劍術的水準出色，他並不懂暗殺者所用的手法，身為護衛的表現也未成氣候。

諾伊修必然會露出破綻，而我確定敵人有足夠的本事抓準破綻。

煩人的我離開職守，假如要從代班者手中奪得先機，對方會篤定「只能趁現在」。

我潛入艾波納的房間，摸進閣樓裡頭。

於暗殺之際，有利的位置並不多，因此我要一個一個查清楚。

假如要動手暗殺或預先做準備，對方肯定會潛伏在某處。

……找到了。看來我在這裡押對寶了。

透過陷阱，我在暗殺者身上成功留下了記號。

「對方曾經入侵並伺機動手，卻發現靠身上的裝備有困難而放棄了吧……光這樣看，倒讓人覺得隨時都可以取命。」

從閣樓往下看，會發現艾波納正在熟睡。

明明我就在短短的幾公尺前，她卻毫無警戒心。
然而，就算從這裡用砲擊重轟，能否對她造成擦傷都令人存疑。
連動用【砲門齊射】也不足以取命。
好了，離開吧。獵物已經中了我設的陷阱。
……明天應該就能找出暗殺者是誰了。

◇

隔天我照常上學。
我用圖哈德之眼一邊觀察路上行人，一邊尋找昨天留下的記號。
我想，暗殺者的真面目十之八九是教師或學生。
這所學園維安森嚴，尤其要從校外入侵更是困難至極。
畢竟貴族的子女都擠在這裡過日子，必然會如此。
那麼，該懷疑的就是內部人員。
「盧各少爺，你從剛才就一直到處張望，請問是怎麼了嗎？」
「哦，妳看得出來啊。」
令人訝異。如塔兒朵所說，我正在觀察周圍。

可是，我並沒有做出會讓人發現自己正在警戒四周的舉動。

我分散焦點縱觀整體，採用了把景象納入腦海再加以分析的手法。

在旁人看來，跟平時並沒有兩樣。

「我只是有感覺而已。呃，因為少爺的氣息稍微不同。」

「是嗎？乖孩子。」

我摸了摸塔兒朵的頭，她便歡喜似的瞇起眼睛。

對暗殺者來說，感應力靈敏比什麼都重要。無論多細微的徵兆都要察覺，否則就無法存活。

「唔唔唔，都只有塔兒朵被稱讚，好詐喔。我也要加油才行。」

「蒂雅，昨天我才誇過妳的魔法吧。」

「那碼歸那碼，這碼歸這碼啊。」

蒂雅鼓起了腮幫子。

她像這樣點燃競爭意識的模樣真是可愛。

◇

走進教室，我便放心了。看來暗殺者似乎不在我們班。

太好了。我就是希望能避免對有交情的同學下手。

上完課以後，我找了事情到教官的值勤室。

在場的教官也都清白。

還有吃午餐時，我並沒有像平時那樣在中庭吃便當，而是到餐廳用餐。

在那裡能遇到更多學生。雖然我是為了尋找暗殺者而來餐廳，但不知情的塔兒朵和蒂雅單純在享受餐廳的菜餚。

「好好吃喔……嚇了我一跳。」

「不過，滿貴的呢。」

「因為用的是上等材料啊。」

真的很美味。平時都有塔兒朵幫忙做便當，就不會來這裡吃飯，但偶爾奢侈地利用餐廳或許也不錯。

材料好，烹調用心。可是，費用高昂。

有別於早晚餐，午餐費要自行負擔，憑男爵家子嗣的財力，這價錢利用起來會需要勇氣。

「不只是材料好而已喔，烹調方式也很厲害。這盤燉菜放的雞肉就是一絕，明明鮮味全部都煮到燉菜裡面了，卻還是滑潤可口，像變魔法一樣。」

塔兒朵愛做菜的性子發作了。

看她這麼興奮，之後似乎會跑進廚房懇求食譜。

有這種進取心是塔兒朵的美德。

而我一邊疼塔兒朵，一邊看向四周。

總算找到了。

我安排的陷阱……真面目就是特殊的粉末塗料。我事先在暗殺者為了殺艾波納或者設伏會去的所有地方都灑了粉末塗料。

粉末是泛灰的白色，而且用量稀微，沾到便不會被發現。

然而，沾到皮膚上的話只用水洗不掉，粉末塗料在圖哈德之眼觀察下會散發藍光。

「哦，是他啊。」

之前勉強擠進A班的侯爵家男子。

……我對敵人的評價高了一階。

我本來就曉得他有能耐。有那種能力即使考進S班也不奇怪。

然而他堅持專業，進了S班底下的班級，以免變得醒目。

為了跟旁人保持距離而潛伏在可以分到個人房的A班，從這點也可以看出其心思有多縝密。

我是為了待在艾波納身旁刺探弱點才刻意考進S班，但身為暗殺者的正道應該要像他一樣低調保持距離。

不過才一灑餌就上鉤，自制心仍顯不足。

「唔，看來盧各少爺果然也很中意餐廳的料理。我不會輸的！我會做出讓少爺覺得更好吃的料理。」

我放鬆表情以後，塔兒朵便誤會我對這裡的菜色格外中意。

「盧各，看來晚餐有好東西吃了喔。」

「對啊，畢竟她這麼有鬥志。」

我和蒂雅兩個人看著塔兒朵苦笑。

塔兒朵難得都要煮頓大餐了，暗殺者就等餐後再收拾吧。

◇

放學後，包含校長在內，我事先知會了幾個人。

因為會有一個學生消失，必須事先布局。

多方商量過的結果，目標因為受不了嚴格的學園生活而脫逃失蹤——這樣的劇本已經編好了。

圍欄已經切開一小塊，也製造了偷溜的痕跡。

有校長撐腰的警衛會幫忙做證表示曾目擊當事人脫逃，為求謹慎，我打算刮破他的制服，並將纖維留在現場。

正因為勇者優先於一切，連這種協助都能得到。

深夜，我喬裝潛入A班宿舍。

不用玩任何小花樣。

在所有人都熟睡的時刻，我只管從正面進門往目的地房間去。

熄燈時間已過，沒有半個人離開房間。

我掩去氣息，不出聲響地用校長交付的鑰匙入侵暗殺者房間。

確認過目標正在睡覺，我擲出短刀。

這一擊先以圖哈德之眼認清對手身上纏有的魔力，拿捏過了魔力。

短刀貫穿棉被深深捅入，血跡暈開，卻連慘叫聲都沒有。

靠即效性的神經毒素，當毒素流入體內的瞬間就會連一根指頭都動不了。當然，想叫也叫不出來。此外，連自殺都不容許。

暗殺者看了我的臉，表情帶有困惑。

身為艾波納護衛的我會像這樣直接出手，應該出乎他的意料吧。

有些怠慢呢。未免太沒有警戒心了。

「抱歉，總不能讓你妨礙我的工作。還有，或許於事無補，但我要建議你一點。當暗殺者，時時都要設想自己淪為獵物的局面……唉，以前我就失敗過。」

剝奪其意識，予以止血，然後連同染血的床單一起塞進麻袋，扛上肩。

跟來的時候一樣，我走在無人的廊上。

巡邏路線和時段都熟記在心，故毫無風險。

這次的暗殺步驟單純至極。殺人的步驟越單純，破綻越少，成功率就會提高。我只有在需要複雜的場合才會那麼做。

……好了，把人帶到那裡吧。

我為這種時候準備了祕密基地。

再怎麼發出聲音也不會被周圍察覺的地方。

非得從這傢伙身上問出其僱主還有想對艾波納不利的動機才行。

當然，事情不會這樣就結束。終於弄到具備魔力者的身體了，我可以盡情實驗，拿他來練習賦予圖哈德之眼的手術。

我要為塔兒朵動手術，非得準備萬全。

今晚會很忙。明天上課會不會打瞌睡呢？令人擔心。

Episode13

第十三話——暗殺者動手術

The world's best assassin, to reincarnate in a different world aristocrat

今天有筆試測驗對課程的理解度。

我草草解完所有的問題，埋首想事情。

幾天前，我暗殺了暗殺者。

……問出的情報並不多。

拷問到最後，我得知這次的幕後黑手是貴族派的某方人馬。

我有將結果轉達給父親，以及校長。

所幸不是王國派。

圖哈德家屬於王國派，總不能跟自家派系互鬥。

……儘管從這個國家的角度來看，王國派與貴族派之爭就足以構成內鬥了。

還有，艾波納被找上的理由也曉得了。

某方面來說，算是極正當的理由。

『那碼歸那碼，時候終於到了。』

今晚要替塔兒朵動手術。練習夠充分了，而且從明天起放假。拿下眼罩要等兩天，因此選在放假前夕正好。

「測驗結束。收考卷。」

考卷被收走了。

隔了片刻鐘聲便響起，告知課程結束。

如同往常，蒂雅和塔兒朵趕到我的身邊，但最近又多了一個人。

「這次考題，我會的不少耶。託讀書會的福。」

是艾波納。

由於她的課業在這個班上嚴重落後，教她讀書的機會不少。

如此反覆的過程中，我們就覺得每次都要選日子是多此一舉，乾脆定期辦讀書會。

不知為何，連諾伊修和芬恩都會來參加。

「基礎打起來了呢。照這種步調，再過半年應該就不用我們幫忙了。」

「我會加油的。總不能一直在班上墊底嘛。」

「加油。」

真恐怖。她究竟是以什麼樣的速度在成長？

艾波納顯得有話想問又不好啟齒，我就催她說出來。

「為什麼你們要對我這麼好呢？果然就因為我是勇者嗎？」

艾波納一面垂下目光，一面問道。

她不擅長拿捏跟人之間的距離。明明會依賴人卻又沒有自信，所以便想著「自己沒有用」，這會化為她對旁人的不信任感。

「要說那不是理由的話就會淪為謊言了。可是，不只因為那樣。跟妳在一起能讓我開心，我才這麼做。因為我不擅長騙人，跟討厭的傢伙在一起就會心情不爽。」

「是嗎？太好了。我一直在擔心是因為我是勇者，你才不甘不願地陪著我……你對我這麼好，將來我會報答你的！」

虧我講得出這種謊話，連我自己都覺得感慨。

然而，這是有必要的謊。既為了刺探她的弱點，也為了營造不用殺勇者的局面。

塔兒朵在意起時間，開始坐立不安。

「再不去圖書室的話，預約好的座位要被取消掉了喔。」

「啊，那就慘了。畢竟圖書室完全不通融，只要晚一秒，位子就會被別人搶走。」

「唉，那裡不能用的話，用我們的房間當場地就好啦。反正宿舍地方夠大。」

「「那樣不行。」」

塔兒朵和蒂雅齊聲否定我。

為什麼？

房間有塔兒朵打掃得乾乾淨淨，被人看見也不會困擾。

基於職業性質，被人看見會困擾的東西我都藏得不會兩三下就曝光。

……因為我有設想過當我們不在時，被人擅自闖進房裡的情況。

「哈哈哈，盧各被管得好嚴呢。有蒂雅和塔兒朵兩個女生騎在你頭上，應該很重吧。要不要把其中一邊讓給我呢？」

諾伊修打趣問道。

「我沒有那種打算，因為她們倆都是我重要的伴侶。」

如此宣言以後，塔兒朵和蒂雅就臉紅了，艾波納則帶著小孩想要玩具似的臉嘀咕：好好喔。

「總之，動作快一點。時間真的要來不及了。」

我收拾好東西站了起來。

◇

到了假日晚上。

我在塔兒朵房間跟戴著眼罩的她面對面。

先前賦予圖哈德之眼的手術已經順利結束，今天終於可以知道施術的成果。

「好緊張喔。希望塔兒朵的眼睛看得見。」

「手感是成功的，不過仍有可能發生萬一。我也很擔心。」

我用那個暗殺者反覆練習，準備到萬全才動了手術。

「啊，盧各少爺，蒂雅小姐，時候終於到了對不對？」

塔兒朵用手捂著右眼的眼罩。

「我會幫妳拿下眼罩。不過，話先說清楚，千萬別為我著想。即使手術失敗了，為了避免讓我沮喪，塔兒朵難保不會說自己看得見。」

「……唔！我沒辦法否認。」

塔兒朵就是這樣的孩子。

「拜託妳萬萬不要那麼做。即使發現施術結果不妥或不佳，早期發現就可以設法改善。可是呢，時間過越久就越是無法挽救。有任何一丁點不適都可以說。就算妳沒有把握分辨是不是不適也無妨，向我發誓，妳會把一切告訴我。」

「是，我會那麼做的。」

我和塔兒朵對望。

色澤明亮的左眼映著我。

我緩緩替她解開右眼的眼罩。

經過手術，色澤變得有點暗。圖哈德家的人動過手術會變成灰色，不過塔兒朵的情況僅止於彩度下降。

由於一直戴著眼罩，焦點沒有對上。

「盧各少爺，看起來很模糊。」

「那是因為一直被眼罩蓋著。妳看看這道光。」

我用魔力點起光芒，然後交代她凝視。

焦點對上了。

「能看見東西了。」

「那麼，下一步。妳過來這邊。」

我牽著塔兒朵的手，移動到窗口旁邊。

窗戶打開後，我指向遠方山頭。

「首先，妳單用沒做手術的左眼看那座山。」

「我看得見。」

「那麼，長在那座山頭最高處的大樹，從主幹伸出的枝枒有多少？然後，妳說說看樹枝上有什麼樣的生物。」

「我看不到。別說樹枝，我連有那樣一棵樹都看不出來。」

我想也是。這是不用望遠鏡就看不到的距離。

「那麼，這次換右眼。」

「好厲害，真的有大樹，而且連有多少樹枝都看得出來。雖然隱隱約約，居然看得這麼遠。十六根，有十六根樹枝！不過，換成上頭的小動物就模糊不清了。」

「妳用強化體能的要領試著把魔力灌注到眼睛看看。慢慢來，慢慢來就好。」

「啊，看得更清楚了。是松鼠，還有三隻沒看過的鳥，呃，還有……連天牛都看得見。」

連蟲兒停在幾公里遠的大樹上都目視可見。

圖哈德之眼便是如此。

「足夠了。有沒有其他問題？」

「用魔力強化過以後，盧各少爺、蒂雅小姐，還有我自己看起來都被閃亮亮的光粒包圍著。」

「妳看見的是魔力。試著多灌注一點魔力，那麼一來，妳連充斥於這個世界的瑪納都可以看見。」

「啊，好漂亮。這就是……大氣中的瑪納。世界之力。哇啊啊，好棒，這樣好棒喔。原來世界是這麼美麗！這就是少爺眼中的世界！」

塔兒朵滿臉陶醉地轉圈，裙襬隨之翻飛。

「遠視及魔力視沒有問題，接著是正題，要確認動態視力。塔兒朵，妳盡可能退到牆際。」

「像這樣嗎？」

「沒錯。接下來我會扔球，妳要接住，進一步灌注魔力，我會用相當重的力道。」

我拿出暗殺道具之一。

外觀是拳頭大的白球。

我在球上面稍微惡作劇以後才高舉手臂。

塔兒朵看我用魔力強化體能，就跟著強化體能，並且把力量灌注在眼睛。圖哈德之眼發揮了真正的價值。

確認之後，我振臂擲出。

以魔力強化體能投球，時速可達兩百多公里。

塔兒朵接住了這樣的球。

接住時速兩百多公里的球很了不起，不過塔兒朵即使沒有圖哈德之眼也辦得到。

我想確認的是另一點。

「哇啊，少爺要為我慶祝嗎！我好高興。」

「好，合格了。我最想賦予塔兒朵的就是這個，在極速領域也能看清楚的眼睛。」

「咦，盧各、塔兒朵，慶祝是什麼意思？你們之前一句話都沒有提過吧？」

蒂雅納悶得眼睛直打轉。

「我把訊息寫在球面上。」

「是的，球明明在旋轉，我卻看得清楚。」

「好厲害喔，圖哈德之眼。那種訊息，我根本看不清。」

蒂雅看不見也無可厚非。

球不只快到時速兩百多公里，每秒旋轉更超過一百次。

靠普通眼力不可能讀到如此極速且超高速旋轉的球上面所寫的訊息。

「走吧，我們立刻出發到王都。物價雖貴，偶爾去一趟也不錯。」

王都位於從這裡搭馬車約兩小時車程的距離。

儘管王都的物價非常高昂，卻充滿了一等一的貨色，是最適合豪華遊玩的地方。

「也對。要慶祝塔兒朵手術成功嘛，應該痛快地玩。」

「感覺可以學到許多烹飪的知識，我好期待。」

像這種時候，大可只顧玩樂。

不過，我就是喜歡這樣的塔兒朵。

「右眼的手術成功，表示少爺也會替左眼動手術對不對？」

「是啊，保險起見，觀察幾天後再施術。無論怎樣明天都得上學。即使要動手術，也得在下次放假前的晚上執行。然後，妳把這戴著。」

「這片小小透明的東西是什麼？」

「這項道具叫隱形眼鏡。只要戴上這個，左右眼睛的顏色看起來就一模一樣。眼睛顏色突然改變，會讓周圍的人嚇到吧？」

「啊，少爺說得是。我會珍惜使用的。」

「從明天起的訓練想必會很辛苦，但妳要加油。當妳能活用那眼睛時，就會得到與以往不同次元的強度才對。」

「如此一來，我就可以提供比以前更多的助力給少爺了！」

「我幫妳設計的風魔法也能運用得更加巧妙呢……我自己也要準備王牌才行。再拉大差距恐怕就真的不好了。」

今天才剛拿下眼罩所以有顧忌，但是從明天起就要在實戰形式的訓練中讓塔兒朵適應圖哈德之眼。

眼睛看得太清晰會對腦部造成負擔，適應之前應該要花上一段時間。

「今天出門可不要有任何顧忌喔，因為我會動用特別預算。」

「哦，那我要毫不留情地點貴的酒喔。」

「那麼，我想點看看專門養來吃的牛肉。聽過傳聞後，我就希望這一生能吃到一次。據說肉質柔軟得做工的牛兒完全沒得比呢。」

她們倆都知道在這種時候客氣反而失禮。

今天似乎會有一場開心的慶功宴。

不過，應該要避免被人跟蹤比較好。我只是男爵的子嗣卻在王都高檔店奢侈地玩，被人知道會惹來閒言閒語。

店家也選擇能幫顧客保護隱私的高檔店，並且在個人包廂慶祝吧。

「換好衣服就集合。要去的是上流店，妳們要想好。」

「我會換上盧各少爺在穆爾鐸幫我買的禮服。」

「記得我有件禮服是可以迷倒盧各的呢。」

真期待她們倆的禮服。

趕緊換好衣服，到城裡去吧。

Interlude

幕間——暗殺者與勇者約定

The world's best assassin, to reincarnate in a different world aristocrat

今天的課半天就結束了。

感覺大家從早上就無法專心聽課。

為了讓學生們紓壓，每兩個月會安排一次特殊的活動，而那便是今天。

我對格外靜不下來的艾波納攀談。

「決定好今天要買什麼了嗎？」

「都還沒有譜耶，因為我對店家的名稱不太清楚。不過，購物這件事讓我好期待，我還帶了一大筆勇者的薪水過來。」

艾波納拿出一只疑似塞滿金幣的皮囊。

「聽說學園市集很熱鬧，逛一逛肯定會找到好貨啦。」

所謂特殊活動，就是指學園市集。

學園位於王都之北，因此學生在尋求娛樂之際只能去王都。

然而，王都的物價異常高昂。

是只有獲選者能住的地方，店家陳列的商品也會是與其相符的貨色。

大貴族之類還吃得開，但是財力弱的貴族們在王都就沒什麼樂子了。

於是，校方就安排了學園市集。

向各地城市的人氣店家招商，讓他們在學園內設攤，為期三天。

商品價格跟總店相同，申請入學的平民或下級貴族都能逛個痛快，而且還會有限定品與搶先販售的新商品。

不只亞爾班王國內，有時連他國都會有人氣店家過來做生意，使學生們心都飛了。

「塔兒朵妳們有沒有想要什麼？」

「我沒有東西想買，因此跟少爺逛完一圈，有的話再來考慮。」

「呃，我也沒有什麼想要的，所以我先回去了喔。」

姑且不提塔兒朵，蒂雅怪怪的。

蒂雅是好奇心的化身，在這種場合會率先表示有興趣才對。

實際上，她從幾天前就心神不定，現在也顯得不太對勁……何況今天早上我才看見蒂雅在確認手頭有多少錢。

恐怕她已經決定好要買什麼了。

然而蒂雅卻這麼說，應該是因為不希望買的東西被知道。

蒂雅隱瞞了什麼固然令人好奇，但是就讓她去吧。

「聊什麼好玩的，也讓我加入好嗎？」

「是你啊，諾伊修，我們在討論要到學園市集買什麼。你應該沒興趣吧。」

四大公爵家的大少爺。

就算在王都，他一樣愛買什麼就買什麼。

我知道他為了招收伙伴，還會帶看上的人物到王都玩，目的在於收買人心。

「我當然有興趣，畢竟有的東西是花錢也買不到的。比方說，這次的強檔是歐露娜。據消息指出，他們會早一步販售新商品，我身為粉絲可不能錯過。」

「……原來你對歐露娜有興趣啊。」

「會化妝的不只是女性，那所謂的乳液也惠我良多。」

儘管男性最好也要注重肌膚保濕，但他有這一面倒是讓人意外。

沒有錯，如諾伊修所說，我以伊路葛．巴洛魯的身分成立的化妝品品牌歐露娜也會設攤。

而且我預計也會到場，為了收取之前另行委託瑪荷的調查報告。

「啊，廣播開始了耶。」

如塔兒朵所說，傳出廣播的聲音。

活動開始的宣言。

全校學生一溜煙地前往學園裡地方最寬闊的廣場。

會這麼拚命也是有理由的。三天的學園市集中，只有今天不對外開放。

假期剩下的另外兩天，一般遊客就可以入場。

那麼一來，遊客將從王都等地蜂湧而至，看上的商品便難以買到。

「我們也走吧。畢竟好東西一下子就會賣完。」

「好的！呃，蒂雅小姐真的不去嗎？」

「嗯，我不用了。別在意我，你們去吧。」

「塔兒朵，走吧。蒂雅，我會買個伴手禮回去。」

有我們在，蒂雅就不能祕密採購。隨她高興吧。

就這樣，我們決定前往學園市集。

◇

學園市集辦得正熱鬧。

「盧各少爺，人滿多的耶。」

「幾乎所有學生還有教職員以下的員工都會來啊。」

光學生的話不滿兩百人，但是把維繫校方營運的人全都算進去，人數便相當可觀。

既然具備城寨機能，就會需要為此貢獻的人才。

塔兒朵攤開導覽圖。

學生們都有事先領到導覽圖，上頭記載了店家分配的位置。好在導覽圖不只寫著店名，順帶也附有簡介。

「全都是連我都知道的知名店家，讓人看得眼花撩亂呢。不過，這種有名的店家為什麼願意專程過來擺攤呢？」

「單純以收益來講，恐怕沒虧本就很好了。畢竟擺攤條件是要用與總店相同的價格來賣……人氣店家是期待我們將來的發展與口耳相傳的風評。在這裡，不是聚集了眾多貴族子女嗎？只要把商品賣給我們，將來或許就會得到出手大方的主顧，還能讓風評在貴族之間傳開。」

由於價格與總店相同，光是移動成本就虧了。

即使如此仍有許多店家表示有意願，正是把眼光放在將來，而非在這裡的營收。

另外，剩下兩天會有來自王都的遊客，這也是一大誘因。

在王都要獲得展店許可極為困難，能賣商品給王都的顧客機會寶貴。

「我都沒有想過這些呢。做生意好困難喔。」

「就是啊，商界不簡單。」

「嗚嗚嗚，看來我當不了生意人。」

要成為一流商人得靠天分，光努力還不夠。

一個人若不能時時顧及我說的那些，從商便難有成就。如果能辦到那一點，就可以從萬般事物找出商機。

「呃，我也跟著來好嗎？」

「行啊，我不介意。艾波納跟我們是同學，再說大家一起逛才開心吧。」

「嗯！像這樣跟大家一起買東西，我還是第一次耶。」

蒂雅沒有跟著來，相對地，艾波納跟我們一起。

我們三個逛起攤子。

聚集而來的不愧是人氣店家，商品全都饒富趣味。

仔細一看，會發現各店員工也在窺探其他攤販。

這應該也是店方過來擺攤的好處。

人氣店家之間可以互相學習。

我們在攤位買了用透明表皮捲起來蒸的稀奇點心填飽肚皮，並且一間一間地逛，有喜歡的東西就買。

光是走馬看花也開心。

在某間店前面，塔兒朵眼睛一亮。

「好棒喔。別緻的布料，泛著淡粉紅色。這種顏色是怎麼染的呢？還有這塊是天藍色！」

「這種顏色，是米蕾那件——」

塔兒朵看的是服飾店。

賣的不只衣服，連布料都有。

「的確，這麼鮮豔的顏色並不多見。」

染成了櫻花色與天藍色。

這間店的招牌商品。布本身的材質也很好，但就是因為他們染得出這種顏色才打響了名聲，變成人氣店。

櫻花色與天藍色染料，記得原本是在某處偏鄉領地以小本生產的特產品，不過被這間店看上簽過專屬契約後就廣為熱銷了。

「明明是這麼棒的布卻好便宜！買回去當禮物，艾思麗夫人肯定會很高興。」

母親的嗜好是裁縫，有這麼上等的布應該會相當高興吧。

「禮物的份我來買就好。塔兒朵，妳可以買妳自己喜歡的。」

「可是，我受了夫人好多照顧耶。」

「我也想要孝順媽。這樣吧，妳幫我挑，錢我來付。當作我們倆一起送的禮物。」

「怎麼行呢，這樣不妥。」

「並不會。現在妳比我更懂媽的喜好，挑貨色只能交給妳，起碼讓我出錢就好。」

「那麼，呃，就麻煩少爺了！」

塔兒朵一臉認真地開始端詳布料。

她拚命思索母親的喜好，看來需要花時間。

一回神，我看向艾波納那邊。

她並沒有看布料，而是在看衣服。

眼神有幾分哀傷，彷彿在緬懷什麼。

……假如艾波納肯向我揭露自己是女性的祕密，買下來送她當禮物倒也可以，但她依然假裝自己是男性。

要是送女裝給男人，我就成了變態。

「盧各少爺，我決定好了，就選這匹帶著奇妙淡粉紅色的。」

我的心思被塔兒朵出聲拉了回來。櫻花色的布。因為她不認得櫻花，才會說是奇妙的粉紅色吧。

「觸感也不錯，感覺媽會喜歡這顏色。再說，應該也很適合妳。」

「這並沒有什麼關聯啊。」

「有關聯。畢竟媽做好衣服以後，要穿的人是妳。」

「的、的確。」

母親很喜歡塔兒朵，還把她當成換裝人偶。

「艾波納。」

我叫了艾波納，卻沒有回應。

她一直盯著天藍色的洋裝。

模樣不尋常。

「艾波納！」

「我、我在。」

我發出較大的聲音，她才總算有了反應。

「我們要去逛其他店，如果你有在意哪套衣服，要不要分頭行動？」

「嗯，就這樣吧。對不起喔。」

「不會啦，沒關係。」

她是被當成男性養育長大的。

或許正因為這樣，才會對適合女性穿的可愛衣服有興趣。

倘若如此，我們不在場會比較好。

如果有我們在，艾波納大概就不方便買適合女性穿的衣服了。

◇

花三小時左右，我跟塔兒朵就把學園市集逛完一圈了。

「行李還滿多的。」

「買了好多東西喔。不過，我覺得好滿足。」

塔兒朵一臉喜孜孜地捧著大袋子。

其實塔兒朵算是有點小錢。

她來圖哈德家以後，我一直都有付專屬傭人的薪水，在圖哈德家又幾乎不用花生活費。

「塔兒朵，不好意思，妳能不能先回去？」

「少爺要去見瑪荷小姐對吧。」

「沒有，我只是去拿調查結果。畢竟瑪荷也很忙，她本人應該不會專程來這裡。」

從穆爾鐸的話，光是來回就要好幾天。瑪荷身為歐露娜代表可忙了，她的時間是寶貴的。

「不，她絕對有來。瑪荷小姐絕不可能錯過和少爺見面的機會！」

塔兒朵毅然斷言。

那樣感覺是不錯啦。

「既然如此，妳也一起來比較好吧。」

「還是不用了。瑪荷小姐肯定想跟少爺獨處。我平時都能跟少爺在一起，可是，瑪荷小姐就沒有辦法。像這種時候不把機會讓給她，那就太可憐了。」

「會嗎？」

「會。」

我覺得瑪荷應該會想跟塔兒朵這個好朋友見面，但既然是塔兒朵說的，大概就有這麼一回事吧。

◇

跟塔兒朵分開後，我前往歐露娜的外賣攤位。

明明才第一天卻排出了長龍。

光開放給學園相關人士就這樣了，明天以後不知道會如何。我重新體認到自己創立的歐露娜有多受歡迎。

那麼，該怎麼辦呢？

我原本預定以試用美容品當藉口要店員領我到裡頭，但是排成這樣就難了。

背後傳來熟悉的氣息，有個人隨即勾住我的手臂。

「這位帥氣大哥，跟我去約會怎麼樣？」

少女說著便往上瞟過來。

她用帽子遮著平整的藍色頭髮，還換了化妝風格。

衣服穿的也不是以往的筆挺款式，有幾分俏麗。
不過，我不可能誤認她。
因為她是伙伴，也是家人。
「好啊。有間咖啡廳不錯，要不要到那裡吃甜點？」
「聽起來真棒。我們走吧。」
「妳說得是，瑪荷。」
少女……瑪荷粲然一笑。
塔兒朵猜對了。
瑪荷似乎光為了和我見面，就排除萬難來到了這裡。
喬裝是她準備的驚喜，也有實用意義。
身為歐露娜代表的她常拋頭露面，因此知名度高，在貴族間熟人也多。
瑪荷現身八成會造成騷動。

◇

我們倆走進咖啡廳。
所幸排隊的隊伍沒了，我們不用排就進得去。

這裡有名的是優質藥草茶，以及特製點心。

來開店的是東方大都市的知名店家，我本來就感興趣。由於店方挪用了學園設施，便有完全獨立的包廂，談話方便。

「……瑪荷，真的要點這個嗎？」

「是啊，為了不讓旁人起疑，我們才假裝情侶的。不選情侶會點的東西可不行。」

瑪荷心情絕佳地微笑著。

我們倆都有點店裡的招牌藥草茶熱飲。

然後，還點了特大號聖代。

名稱叫濃情蜜意超級大聖代，屬於要有勇氣才會點的玩意兒。

茶先端過來了。

「好香呢。」

「是啊，有安神的效果，難怪受歡迎。」

「……不過，我們經銷的茶更勝一籌喔。既然這間店會流行，或許我們能做得更好。不單賣茶葉，要不要也來經營咖啡廳呢？」

我們經銷的茶，是指瑪荷開拓海外航線後運來的茶葉。

以我前世的技術在焙煎方式下過工夫。

味道比當地的喝法更香醇濃郁。

上等茶葉對歐露娜主打的客層，也就是富裕女性而言是具有號召力的商品，我正期待會成為新的熱銷商品。

「開咖啡廳倒有意思。不過，問題在人手。咖啡廳會跟以往做法有所不同，要重新摸索，沒人能交辦這件事。」

「有喔。盧各哥哥回圖哈德以後，我訓練了幾個有前途的孩子。他們可以去管咖啡廳。」

「難道說，就是那幾個孩子？」

「是啊……我心懷感激喔。哥哥說過：『我不會要求妳別夾帶私情。但是，既然要夾帶私情，就要拿出成果。』所以，我才敢接他們回來。我夾帶了私情，接下來會拿出成果讓你看。」

那些孩子，指的是瑪荷當街童那段時期曾一起做生意的孤兒同伴。

抓孤兒賺輔助金的風潮讓他們四散各地，而瑪荷把人招收回來了。

因為瑪荷曾經提議，他們會成為不折不扣的戰力。

收留之後，她就讓那些孩子在巴洛魯的旗下店家幹活磨練。

原本我半信半疑，但是託管他們的分店回報的評價非常高。那些孩子在磨練的地方大為活躍，還有幾間店表示肯付跳槽費，希望不用把他們送回總店。

為了求生存，他們從小就跟瑪荷一起拚命動腦，背負著年幼孤兒這種巨大的不利條件，卻還是一路做了生意。這樣的一群孩子既堅強又有吸收力，頭腦精明，而且創造力豐富。

以結果而言，歐露娜挖到了不得了的寶。

一般是招收不到這等人才的。

瑪荷漂亮地兼顧了拯救以往伙伴的私情，還有聲稱會替歐露娜帶來利益的成果。

「我之所以敢那麼說，是因為我相信妳有那個能力，用不著謝我。」

「被哥哥這麼說，我非得更努力才行呢。我會將歐露娜經營得更加茁壯。」

實在可靠。

因為有瑪荷在，我才能安心專注於盧各．圖哈德的身分。

接著，聖代終於來了。

以情侶共享為前題的特大號聖代。

濃情蜜意超級大聖代，連講出名稱都需要勇氣的鬼玩意兒。

「……就算我們有兩個人，這會不會太多了？」

「不要緊喔。我啊，最喜歡吃甜食了。」

裝聖代的並非小巧玻璃杯，而是啤酒杯，還是被稱為大容量啤酒杯的貨色。

多虧昂貴的玻璃材質，看得見內容物。

海綿蛋糕、草莓果凍、海綿蛋糕、草莓奶油、海綿蛋糕、草莓果醬，蛋糕與各色草莓甜品就像這樣層層交疊，頂端再堆滿發泡奶油與草莓切片。

而且聖代裡處處都埋著紅色愛心型的糖雕。

……光看就覺得胃食道逆流。

上頭插了兩根湯匙，可是格外長。

「這種湯匙長到這種地步，要吃不方便耶。店家在想什麼啊？」

「這個啊，是為了這樣用喔。」

瑪荷賊笑著舀起滿滿的奶油，並且送到我嘴邊。

「原來如此，方便送到對方嘴裡的長度。情侶專用湯匙嗎？」

「就是這麼回事。哥哥能不能快點吃下去呢？我也想吃耶。」

「可是這相當難為情。」

「……過分。為了來這裡，我熬夜好幾天才騰出時間的。可是，哥哥卻連我的一點任性都不肯配合。」

瑪荷露骨地對我假哭。

不過，她為了見我而操勞工作是真的。所以，我不能辜負她。

幸好這裡是個人包廂……假如是開放式座位，我大概就害羞得不敢吃了。

我嚐了嚐味道。

輕柔的發泡奶油。口感輕盈，而且甜度收斂，同時又有扎實的奶油風味。

這樣的話，我們或許吃得完這一客堆得像山高的聖代。

「接著，輪到哥哥了喔。」

「我也要餵妳嗎？」

「……收集哥哥拜託的情報非常辛苦耶。我倒覺得多得到一點犒勞也不為過。」

瑪荷的指頭遊走於嘴脣。她的動作看起來十分嫵媚。

我苦笑並且拿湯匙舀起聖代，然後送到瑪荷的嘴邊。

瑪荷一臉享受地吃了下去。

……這比我想像的還要羞人。

「好美味喔。比茶的話我有自信贏，但是甜點的部分不多加研究就贏不了呢。」

「這種狀況下還把心思放在做生意上，令人尊敬。我可是害臊得快不能自已了。」

「我心裡也不平穩喔。因為不平穩，才會自我解嘲掩飾害羞。來，接著換草莓果醬和海綿蛋糕這一層。加把勁吃吧，接連挖掘出新滋味好令人雀躍。因為味道有改變，量這麼多也不會覺得膩，值得學習呢。」

瑪荷又要餵我了。

既然這樣就認了吧。我也一樣再次餵她。

要享受聖代還有這種互餵的吃法到最後。

◇

之後花了約三十分鐘，我們設法將聖代掃光了。

真夠累人，無論精神或肉體上都一樣。

「分量實在是不少。」

「對呀，吃得滿勉強呢……震撼力重要歸重要，在我們店裡推出時，還是把量調整得少一點好了。」

瑪荷顯得很難受。

她原本食量就不算大。

「……那麼，既然得到哥哥的報酬，就來工作吧。」

「嗯，拜託妳。我準備好了。」

我用偵察魔法確認過周圍並無監視，同時召喚出風之檻以免聲音外洩。

照目前情況，就可以討論機密。

「首先，是關於艾波納．利安諾的詳細資料。雖然費了一番苦功，但是從騎士團那邊探出了有意思的情報……夾在約定與心靈創傷之間，那是她最大的缺陷。」

我迅速過目從瑪荷那裡收到的資料。

對艾波納做過的幾項假設，逐步得到佐證。

從模擬戰的狀況，我曾以為她就是個戰鬥狂，不過那是錯的。

事情沒有那麼簡單，是強迫觀念在驅使她。

「虧妳能收集到這麼多資料。」

「因為被要求得細，也就調查得細啊。」

瑪荷說得簡單，但這可不是稀鬆平常的事。

這次的情報難保不會成為勇者的汙點，理應被再三要求緘口才對。

「還有，隨附的這條情報會成為打開她心房的契機喔。」

「從這條情報還有艾波納的性格來想，她現在肯定在那裡吧。」

「就是啊。所以，你去吧，盧各哥哥。」

補給我的資料上面有艾波納的心靈創傷，以及構成其原因的人物情報。

為了讓艾波納真正地打開心房，這條情報會是最強的武器。

這份資料讓我發現了另一項誤會。

在那間服飾店，艾波納之所以一直盯著洋裝，並不是以往沒有好好打扮過的反作用。她心裡念著的是追憶。

這樣啊，那間商店是靠地方領地特產的天藍與櫻花色染料竄升為火紅店家。而且，那塊地方領地就是這個人的……

「瑪荷，我可以去嗎？」

「嗯，畢竟哥哥陪我約會這麼久，已經夠了……不，騙你的。其實我還希望跟哥哥在一起，不過，我和塔兒朵是為了哥哥而活著的，所以你去吧。」

「……抱歉。不，謝謝妳。」

「不客氣。今天能來這裡太好了。原來哥哥和塔兒朵是在這樣的地方生活。有好多學生，大家都散發著光彩。」

「妳也想來嗎？」

在亞爾班王國只要是年滿十四的具備魔力者，有意願就能申請到這所學園就讀。

瑪荷有這樣的資格。

「是啊，真羨慕塔兒朵。我對當學生有興趣，可是比起這些，我更加羨慕她能跟哥哥一直在一起……不過，相較於想過來這裡的念頭，在穆爾鐸成為你的助力令我欣慰得多。雖然想來，雖然羨慕，但現在這樣比較好。我並不後悔，這就是我的答案。」

瑪荷微笑。

一如往常的美麗微笑。

「……謝謝妳。下次，我再找機會致意。」

「這個嘛，我曉得像今天這樣的任性是可以容許的了，下次我會試著拜託更進一步。不說這些了，時間真的很緊迫，快一點。」

「嗯，下次見。」

「下次見，盧各哥哥。」

我擱下瑪荷，離開店裡。

為了趕往艾波納身邊。

◇

在瑪荷幫忙調查的資料裡有寫到艾波納心靈受縛的事件，和那起事件的中心人物。

而且，那名人物長眠於學園都市。

所以，我買下某樣東西來到了公墓。

王都附設的騎士公墓位在學園都市。

有一部分貴族反應墓地和王都不相稱，才會設置在離王都近的學園都市。

而在墓前，擺了各式各樣的供品。

艾波納正在那裡禱告。

她拿了之前在服飾店一直看著的那件洋裝當供品。

我走到她的身邊，供奉花束，雙手合十。

艾波納看了我，然後看了花束，相當訝異。

對此，我刻意裝成沒發現。我蹲下去，獻上這個國家特有的默禱後才起身。

「艾波納，原來妳也來這裡了。」

「嗯，好巧喔。有哪個熟人長眠於此嗎？」

「是啊，騎士團有個女性曾跟我很熟……我看到她喜歡的花，怎麼都想來一趟。」

「真的好巧，我也是。我是看到天藍色洋裝。那個人最喜歡故鄉的顏色，天藍色的洋裝，還說將來希望也能讓我穿上。啊，不是的，這不表示我有穿女裝的癖好。」

沒錯，那種天藍色染料是出產於長眠在這座墓底下的艾波納重視之人的故鄉。

正因如此，艾波納在那間服飾店看到天藍色洋裝之後就顯得不對勁。

「哈哈，好奇怪的人。我那個熟人也喜歡天藍色，尤其芙蘿拉更是她的最愛。她總是說那跟故鄉有一樣的色彩。」

「聽你這種說法，還有芙蘿拉……那個人，該不會是米蕾？」

「是啊。艾波納，原來妳也認識？」

我假裝驚訝。

方才那些全都是謊言。

我只有從瑪荷收集的資料認識到米蕾。

為打開艾波納的心房才利用罷了。

「因為我會在這裡也是來替米蕾上墳的。這樣啊，你居然是米蕾的朋友，原來有這麼一回事……那麼，我得說出來才行。既然你是米蕾的朋友，我得道歉才可以。是我殺了米蕾。」

艾波納含著眼淚，向我低頭。

「殺了米蕾？能不能告訴我是怎麼回事？我聽說她是跟魔物作戰才喪命。」

我準備好蘊含憤怒與懷疑的臉色，望向艾波納。

「不是那樣的……我呢，在成為勇者以前，是個不具魔力的飯桶。被人叫成廢物，又什麼都不會，沒有任何人需要我。可是，當我的領地遭受大群魔物襲擊時，有力量湧了上來，一回神，我已經把魔物全部殺了。後來騎士團到場，當時最先趕來我旁邊的正是米蕾。她說我是勇者，就把我帶到了王都。」

資料中有記載那次事件。

「在王都，我被正式認定為勇者，米蕾直接成了負責教導我的人。她是個既溫柔又長得漂亮的人，教了什麼都不懂的我好多事情。她肯疼愛我、誇獎我，我把米蕾當成自己真正的姊姊。」

艾波納說著便緊握拳頭。

「我過得很順利，變強了，也變聰明了。如果有魔物出現，我就去討伐，每次打倒牠們都會被誇獎……原本沒任何用處的我大為活躍。被大家需要好有快感，我變得飄飄然的。」

與言語呈對比，她的表情越來越扭曲。

濃厚的哀傷與後悔之色開始在艾波納心中滿盈。

「我得意忘形了……就在當時，發生了那個事件。規模前所未見的魔物大舉來襲，不只數量多，還很強。我跟騎士團的眾人拚命奮戰，過程中愈來愈激動，有奇怪的情緒從心中湧上，眼前變成了一片全紅，我也變得不是我了。動用力量讓我快樂得不得了，我在一片全紅的情況下大肆發威，回神以後魔物就全都消失了！」

勇者艾波納最為輝煌的功績就是那一戰。

就算投入騎士團全體也只會被淹沒的魔物，卻只付出了「些微」犧牲就將其擊退。

「可是呢，等我恢復原樣就發現了。消失的不只魔物而已，原本跟我一起作戰的騎士團也都不見了。變成一片全紅的我什麼也沒想就動用力量，波及了大家，還有米蕾。我尋找過他們，然後我找到了米蕾。米蕾滿身是血又冰冷。看到她那樣，痛毆米蕾的觸感就在我手上復甦了。是我做的。當我動手掃蕩魔物時，讓米蕾受了波及。只有那種觸感確實地留了下來！她還活著，所以我想救她。可是，沒有用！」

那既是慟哭，也是懺悔。

艾波納的不幸，是她以凡人之身被賦予了力量。

身上背負無法掌控的炸彈，而她連這一點都沒有察覺。

「米蕾臨終前給了我一句話。欸，盧各，你覺得她說了什麼？不想死？對我的怨言？未完成的心願？」

「全都不對吧。我認識的米蕾不會說那種話。」

「哈哈哈，就是啊。米蕾她告訴我，謝謝我打倒魔物，我救了許多人，還說：『要連我的份一起保護亞爾班王國。』」

大顆淚珠沿著她的臉頰流下。

「……我好怕。我越是認真，就越容易變得一片全紅。假如遇到像當時那樣緊迫的戰況，我又會變得什麼都看不見而失手殺了誰。我不想戰鬥……可是，我逃不了。因為米蕾說過『要連我的份一起保護亞爾班王國』。然而，殺了米蕾的我怎麼可以打破跟她的約定！」

這就是勇者艾波納的弱點，被夾在約定和心靈創傷之間。

她害怕上戰場。由於身為最強便不怕自己陣亡或受傷，她怕的是波及自己重視的人而失手殺了他們。

不慎殺了自己當成姊姊仰慕的人，因而讓深刻創傷銘刻在心。

可是，米蕾同時也留下了祈願與詛咒給艾波納。

要她連自己的份一起保護王國。所以艾波納即使內心有創傷還是非作戰不可。

說不定，那個叫米蕾的女性就是明知這一切才交代她的。

照這樣下去，勇者會因為殺了自己的心靈創傷而無法戰鬥。為了防止這一點，她才擠出最後餘力要把艾波納留在戰場。

她是徹頭徹尾的騎士，履行了自己「保衛國家」的義務，直到最後。

我尊敬堅守騎士立場到最後一秒的她。

「你會看不起殺了米蕾的我嗎？還是感到害怕？怕跟我在一起會死在我手上。」

「不，我不會看不起妳，妳有意守住跟米蕾之間的約定。明明覺得戰鬥很難受，妳卻沒有逃避……我總算明白妳慶幸我不會壞掉的理由了。那是為了不讓同伴走上米蕾的末路吧。」

艾波納想找伴訓練，以免讓眼前又變得一片全紅而自失。

所以，她在找不會輕易壞掉的對手，為了累積動用力量到一片全紅的經驗。

於是艾波納找到了我。

「嗯，我非常非常感謝你。我想變強到不至於被自己的力量牽著走。對於弄壞自己重視的人，我已經受夠了。假如這次再弄壞，我大概就毀了。可是，你不肯再協助我了對不對？畢竟，我殺了你的朋友。」

這是藏在艾波納胸中的真心話。

沒有米蕾這把鑰匙就不會顯露的真實面目。

因此，我……

「身為米蕾的朋友，我會協助妳。米蕾對妳說過謝謝吧？她要妳保護亞爾班王國吧？那麼，我該做的就不是責備妳，而是實現她的心願……協助妳保護這個國家。放心吧，我很強，連妳也無法把我弄壞，盡情拿我練習就好。還有，假如妳在戰場上會變成那樣，我會阻止妳。」

「我可以相信你嗎？」

「行啊，妳曉得我的實力吧。」

「嗯，我曉得。盧各，我有句話一直想說，又不敢跟你說……當我的朋友。之前，我怕你又會變得跟米蕾一樣，就說不出口。可是，既然你和我在一起不要緊，既然你不會害怕我，跟我當朋友……一個人好寂寞喔。」

勇者身為絕對強者而孤獨。

那應該是我連想像都無法想像的。

「行，可以啊。我們是朋友。」

我伸出右手要求握手。

艾波納牢牢地握起我的手，微笑著擦了眼淚。

「啊哈哈，感覺好難為情，又好溫暖。請多指教，盧各。」

「請多指教嘍，艾波納。」

就這樣，我成了勇者的朋友。

靠著好幾句謊言以及盤算促成的關係。

即使如此，我打算以她真正的朋友自居。

那是我對艾波納撒謊，還有利用了米蕾所做的贖罪。

說這些謊言的補償，就是拯救艾波納。

……直到前一刻，我都無法喜歡她這個人。

可是，聽見她發自內心的吶喊，我起了不想殺她的念頭。

我執行暗殺並沒有把自己當成單純的道具。

我要以自己的意志殺人。

所以我重新做了決定。我會尋找不用殺艾波納就能拯救世界的路直到最後一刻。

萬一得殺她，那也是在我用盡手段，不得不把她還有她以外的一切放上天平的那一刻。

在那一刻來臨之前，我都會當艾波納的朋友。

Episode14

第十四話 暗殺者承接軍務

The world's best assassin, to reincarnate in a different world aristocrat

學園市集結束後過了幾天。

當我到教室，跟諾伊修閒聊起來時，廣播設備就啟動了。

『一年級S班，盧各、諾伊修、艾波納、克蘿蒂雅、塔兒朵。以上五名需在五分鐘之內至第二會面室。這件事優先於一切。』

假如是將艾波納排除在外的其他四人，事情大概跟支援勇者有關，不過連艾波納都叫去就是別的事了。

「這種時段就在叫人啊，看來似乎很緊急。」

「居然要學生翹課。我只有不好的預感。」

我跟閒聊到剛剛的諾伊修望向彼此的臉苦笑。

希望不會有麻煩，但這種情況不可能沒有燙手山芋要交給我們。

◇

到第二會面室以後，有S班的級任教官與身穿騎士服的凜然女性在那裡。

從裝飾騎士服的勳章數量來看，對方似乎既優秀又有相當地位。

教官催我們幾個坐下，看我們都就座以後，他就用筆於架在牆際的地圖上某一點做了記號，並且開口。

「抱歉讓你們上課缺席。打開天窗說亮話吧，我要你們幾個上場進行實戰。有近百頭巨魔正在逼近從這裡往西約四十公里的村莊。巨魔會將女性用於繁殖，放牠們在這裡胡作非為，數量倍增的巨魔恐會襲擊位於後頭的魯特利亞城。唯有這一點非得避免。因此，要趁牠們襲擊村莊前就在溪谷設伏殲滅。」

魔物大量出現嗎？以魔族、魔王現世的徵兆而言是有可能發生這種事，我也做了心理準備。

作戰本身非常簡明易懂，也合乎道理。

魯特利亞城是這一帶的經濟中心，絕不能被魔物攻陷。

牢固屏障帶來的防衛能力雖然高，但是那座城一旦關上城門，物流及經濟就會隨之停滯，造成莫大損害。

然而，約有三項不自然之處。我緩緩地舉手。

「盧各．圖哈德，准許你發言。」

「我有三項疑問。村莊前方應該設有城寨，表示那些巨魔幾乎毫髮無傷地突破城寨了嗎？」

「這我可以回答你。巨魔是突然從城寨內側冒出的。而且，城寨的戰力正在應付來自其他魔物的進攻，因此派不出援軍。」

「那麼，第二項疑問。雖然說我們有實力，卻還是學生，入學後時日尚淺，並未受過軍事作戰所需的訓練。請告訴我把這次任務交派給未成氣候的我們有何理由。」

我並不是沒有自信。

不過，有費解的疑點就要盡可能破除。這並非身手強弱的問題，而是我們皆未打好在戰場上採取組織行動的基礎。

動用我們這樣一批人異於常理。

「理由是人手不足。若要驅逐魔族，會先由治理領地的貴族因應，若接應不暇，就會向騎士團求援。這陣子陸續有魔物大量出現，騎士團除了防衛王都的必要人員外都已經派往各地。若是騎士團接應不暇，這所學園會派遣教官、高年級學生。但是，教官與高年級學生也都派出去了。只找你們五個過來，則是出於第一學年只有你們具備能力從事任務的判斷。」

校方還真是看重我們。

我並沒有實際見識過巨魔，不過從文獻記載來看，由具備魔力者以外的人去挑戰牠們就形同自殺。

既然騎士和學長們都出動了，比起受過軍事訓練的凡人，跟外行人沒兩樣的具備魔力者還是比較像樣，要這麼說倒不是無法認同。

「那麼，第三項疑問。對手是巨魔，設想到最糟的事態，不讓女性同行才是上策。塔兒朵和蒂雅應該要剔除在外。」

「正如你所言。不過，且讓我這麼說吧，由你保護好就行了。成群巨魔的規模可觀，總不好再減少人手，即使負擔風險也要用最高戰力應戰才是。」

你的腦袋還清醒嗎？我想這麼問教官。

巨魔的特徵是近三公尺的巨碩身軀，以及與巨軀相符的力量。

另外，就是獨特的生態系。

那些傢伙是只有雄性存在的種族，會找其他種族的雌性播種。

生殖能力極高，交配過程會持續半日以上。若無意外，雌性將在一夜間懷孕，後代約三天便會產下……問題就在生下來的後代。

巨魔不為人知的特質在於牠們生得出繼承母體長處的後代。

怕村莊遭受襲擊，不只是因為巨魔會增加數量，若以人類為母體，牠們將獲得等同於人類的頭腦。

有那樣的巨魔率領，其危險度將一舉攀升。

而且，更糟的是……

「塔兒朵還有蒂雅，若是她們倆成了巨魔播種的對象，將會生出不得了的怪物。」

「別讓我講一樣的話。我明白風險，而且，我有要求你別讓那種事發生。」

既然會繼承母體的長處，從才華洋溢又具備魔力的母體生下來的巨魔擁有的將不只智慧，戰鬥力也會非常高。

……更重要的是，我不想帶她們倆到充滿獸慾的巨魔所在之處。

「感謝少爺為我擔心。但是，不要緊的。因為我不會輸。」

「就是啊。再說盧各鍛鍊過我們，也會保護我們吧。既然任務辛苦，我也想為盧各提供一份力量。」

我無法想得那麼樂觀。

巨魔動作遲鈍，也沒有多少智慧。然而他們的膂力、生命力和深不見底的體力會構成威脅。

十分有可能發生意外。

「無論你怎麼說，命令是絕對的。你是這個國家的貴族吧。既然如此，就要竭力為這個國家奉獻……為支援你們幾個，校方會派我一同前往，騎士團則是派了她同行。」

「拖到現在才問候，不好意思。我是瑞秋．巴頓，這裡的第一屆校友。我會保護你們，所以放心吧。」

瑞秋．巴頓，她應該是這所學園的第一屆校友，更是當年的首席畢業生。

她一個一個地向我們問候。

「聽說今年不得了，出了好幾個十年才有一人的奇才，所以我一直很期待。」

「我會用心打拚來回應妳的期待。」

我放棄抵抗，並且如此答話。

講什麼道理都推託不了，認栽便是。

「有我跟盧各就所向披靡。何況連勇者也在，區區巨魔算不上對手。」

諾伊修是這麼說，我的擔憂卻掩飾不盡。

雖然我沒有講出口，但是有項東西比巨魔更可怕。

艾波納的爆發。除了最初那場模擬戰之外，我還跟她交手過幾次。

……艾波納激動起來，會施展出除我以外都無法保命的猛攻。

連模擬戰都那樣了，跟成群巨魔交戰將比模擬戰激烈好幾倍，沒有餘裕留手。如此一來，當她以災害級的力量大鬧，誰知道餘波散播出去會引發什麼樣的浩劫。

而艾波納正看著我。

「盧各，我會加油喔。多虧有你，最近我變得有自信了！」

所以才恐怖……要提防艾波納甚於巨魔。

「話就說到這裡。三小時後出發。完成準備以後，到停在廣場的騎士團馬車那裡集合。這是軍方主導的作戰，故有著裝制服之義務。所有人解散。」

教官彷彿再也沒有事情要交代就轉身背對我們。

頭一次軍事行動沒想到會來得這麼快。

一離開房間來到走廊，我們便分頭各自做準備。

諾伊修露出富野心的笑容離去。

我對留在現場的塔兒朵與蒂雅搭話。

「為了存活下來，我告訴妳們兩人的事情千萬要遵守。這些話在教官或軍方面前不能說。」

受到我認真的模樣感召，她們便表情嚴肅地點頭。

「第一，別遠離我。不要窮追敵人，待在我身邊。聽好，混戰中事有萬一。被巨魔從死角打中一記，就算靠魔力強化過也會被剝奪意識。那些傢伙在本能上的第一要務，便是將雌性無力化帶走。有一頭巨魔擄走雌性，其他同伴就會當肉盾為其掩護，那樣要救回來就無望了。只要我在妳們倆旁邊，必定會持續防阻所有死角。」

「是、是的。我絕對不會離開少爺身邊。」

「嗯，我也會注意。我才不要跟盧各分開呢。」

「第二，我的命令優先於一切。跟教官意見分歧時，要毫不猶豫地聽我的。」

「這不必少爺交代，我是專屬於盧各少爺的傭人。」

身為這所學園的騎士，這樣並不稱職，但身為我的專屬傭人則是滿分的答覆。

「我沒辦法講得像塔兒朵那麼帥，不過我也是一樣的想法喔。」

「最後一項，最大的危險是艾波納。艾波納作戰時的餘波比巨魔危險數倍。千萬別鬆懈……會沒命的。」

只要她們倆遵守這三項約定，我就能穩住局面。

話說回來，居然會動用剛入學的我們幾個，人手似乎相當不足。

或者全是為了測試勇者的性能才故意製造此等困境？我不禁這麼想。無論如何，盡我所能去做吧，為了存活。

Episode15

第十五話　暗殺者供給魔力

The world's best assassin, to reincarnate in a different world aristocrat

我迅速完成準備，到集合地點後所有人都已經集結了。

除了太強不需要裝備的艾波納以外，全員都是設想到實戰的裝備。

諾伊修裝備了魔劍，而圖哈德家的三人外表與平時無異，內衣卻不同。

這種內衣有用上魔獸被膜，再運用圖哈德家祕術製作而成，耐於揮砍、衝擊、高熱又富含伸縮性。

圖哈德家動武時就會用到它。

「盧各少爺，這穿起來胸口有點悶。」

「……忍忍吧。」

然而，以圖哈德家祕術製作的內衣似乎沒有將塔兒朵的雄偉上圍考慮進去。材質固然可以伸縮，但依舊有極限。

可憐歸可憐，還是得叫她忍耐。

「唔哇，好誇張，啊，對了……盧各，我穿了好像也有點悶。」

「是、是喔。」

肯定是假的。布料的伸縮性應付起來應該綽綽有餘吧。

在我們講東講西的過程中，出發時刻到了，所有人便搭上馬車啟程。

對付成群巨魔，用平常心應戰應該就處理得來。祈禱軍方給的情資正確吧。

◇

我們抵達伏擊巨魔的溪谷。

那裡有一群不具魔力的士兵。

與魔物作戰，不具魔力者無法算進戰力，但是在放哨、斥候、封路、陣地建設、引領村民避難、物資補給、聯絡大本營等方面仍然有機會活躍。

因為有他們在，具備魔力者才能專注於作戰。

有斥候回來向瑞秋報告。

瑞秋點頭後，似乎在思索該怎麼轉達給我們。

隔了一會兒，她來到我們這裡。

「再過四小時左右，成群巨魔就會過來。不知道什麼緣故，敵方數目增加了。從先前估計的近百頭提高到了一百五十頭。」

瑞秋口氣凜然地如此告知。數量變成一點五倍不是鬧著玩的。

有這麼大的誤差，照常理應該要中止作戰，帶人員撤退。

我等著對方的下一句話，瑞秋卻什麼都不說。

在這種狀況下，塔兒朵怯生生地舉了手。

「請問，沒有作戰策略之類的嗎？」

「作戰內容簡單明瞭。在這座溪谷殺光那些巨魔。硬要下指示的話，就是擅長近身搏鬥的人積極上前，擅長魔法的人待在後頭。」

以作戰來說未免太過馬虎。

話雖如此，沒有好好訓練過默契的我們也不可能執行多複雜的作戰。

「瑞秋長官，我有個提議。這座溪谷用於迎擊巨魔正合適，但路幅太寬了。要跟一百五十頭巨魔正面衝突會是自殺行為。」

寬度大約七八公尺，連壯碩的巨魔也能五六頭站成一排。

六頭之多的巨魔湧來將令前鋒遭到突破，並在包圍下受到從四面八方的攻擊，後衛更會失去唱誦魔法的餘裕。

人數上吃虧的我方恐會陷於劣勢。

「不過，沒有比這裡更像樣的地方了。」

「從地圖來看是如此。我們何不改變地形？靠我和蒂雅，可以用土魔法將路幅變窄。像這樣造出讓整條路慢慢束縮的土牆，巨魔便只能通過兩頭。」

我在紙上畫出簡圖。如我口頭所述，設置斜向的土牆和溪谷岩壁連接在一起，將地形改造成越往前進路越窄。

這樣做的好處是可以減少一次要對付的巨魔數量。

更何況土牆也會構成保護。後衛的魔法師只要從牆後以拋物線施放魔法就安全了。

我固然希望用牆把路完全封住，但是巨魔有可能放棄進軍改採迂迴，因此最好留下勉強能讓兩三頭通過的空隙。

「有趣的主意。不過，蓋這麼多土牆，你們的魔力撐得住嗎？」

「苦不了我和蒂雅。既然接敵是在四小時後，只要迅速構築土牆再讓身體休息，魔力便可以恢復相當程度。」

「我贊成。貴校怎麼看？」

瑞秋看了教官。

「准許你們。盧各、克蘿蒂雅，將事情辦成。」

「是。」

「盧各，我們加油吧。」

我和蒂雅互相點頭，然後便立刻著手蓋牆。

無論是具備或不具魔力者，看了都為之震驚。

「這真是精彩。不管什麼時候看，盧各和蒂雅同學的魔法都堪稱藝術。」

「是啊，盧各少爺和蒂雅小姐是用魔法的天才。」

「哦，好厲害呢，不像學生所為。我甚至現在就想招收成部下。」

雖然沒用上我們的原創魔法，但這種規模的魔法施得幾乎完美無缺，又沒有顯現魔力匱乏的疲態，看在他們眼中應該就像怪物一樣。

話說回來，這名騎士和教官腦袋都還清醒嗎？假如我什麼意見都沒有提，戰況應該會絕望到除了艾波納以外全滅也不奇怪。

……不，果然他們就是刻意要製造那種局面吧，為了測試勇者的力量。

◇

土木工程結束後，我們決定交給軍方的人放哨，並且到帳篷休息。

為了增進魔力回復，我給蒂雅喝了有放鬆與促進體力回復效果的圖哈德祕藥，讓她入睡。

「盧各少爺，我開始緊張了。」

塔兒朵的手在發抖。

「妳會怕嗎？」

「沒那種事，因為有少爺在。」

「這樣嗎？我給妳一個建議。別猶豫，下手要確實。」

「好的！」

塔兒朵握緊長槍。折疊式長槍已經組裝完畢，設想到會有一場惡戰，銜接處做了補強。

「然後，可不可以麻煩少爺一下？呃，我又覺得不夠了。」

「妳還是無法駕馭？」

「是的，魔力一直在外洩。所以，請少爺分給我。」

我側眼看向蒂雅，她似乎還在睡覺。

這樣的話，就沒有必要換地方吧。

圖哈德之眼的缺點。聚集魔力可以強化圖哈德之眼的視力，然而尚未熟練時就會無意識地把魔力灌注在眼睛，容易導致魔力不足。

習慣以後，在不需要時是能停止魔力的供給，塔兒朵卻還無法辦到。

正因為如此，得使用補充魔力的祕術。

我跟塔兒朵嘴唇交疊，以此為起點灌注魔力。黏膜接觸最容易讓渡魔力。

嘴唇觸及的瞬間，塔兒朵委身於我，並且緊閉眼睛把雙唇貼上來。

當魔力開始流動以後，塔兒朵身體一震，呼出的氣息變熱。

這是我自創的手法。遷就對方魔力的波長是超高等技術，會做這種事的人恐怕幾乎沒有。

……雖然我不太想用這一招，可是之前為了幫助魔力嚴重匱乏的塔兒朵還是用了，明明跟她說過這是應急處置，後來她三不五時就會向我索求。

實際上，我懷疑塔兒朵早就能駕馭眼睛，但是用這當藉口撒嬌的塔兒朵很可愛，便隨她高興了。

何況，我也喜歡抱緊塔兒朵，跟她嘴唇交疊。

「這樣夠了嗎？」

我挪開嘴唇，和塔兒朵對望。

這時候的塔兒朵嫵媚得無法從平時的模樣想像。

「是的，從少爺那裡流了好多好多過來，我現在充滿魔力和勇氣！」

塔兒朵一臉陶醉地輕撫嘴唇。

……這種治療方式要對蒂雅保密，講出來難保不會造成許多麻煩。

周圍突然吵吵嚷嚷起來。

敵人大駕光臨了。

「時候到了，蒂雅，妳醒醒。」

「唔唔～～早安，盧各。」

「我是有叫妳睡，不過能在這種狀況下熟睡，妳還滿有膽的。」

「或許是喔。不過多虧如此，魔力恢復得差不多了。」

蒂雅一如往常。

剛才的事似乎沒有被她看見。

「那麼，要走嘍。蒂雅，護身符有帶著吧。」

「都準備好了。」

蒂雅的腰包裡面裝了五顆我灌注魔力到接近臨界的琺爾石。

那是最後保險，魔力用罄之際的最終手段。

王牌應該要藏著，但是蒂雅的性命無可取代。

「塔兒朵，做好心理準備了吧。」

「是的，我不認為自己會輸。」

士兵們來叫人了。

終於，該我們上場了。

Episode16

第十六話 暗殺者對付巨魔

The world's best assassin, to reincarnate in a different world aristocrat

來到外頭，太陽即將西落，所有人都已經就位。

擔任前鋒的是諾伊修、塔兒朵、艾波納三人。

我站中衛，基本上是以魔法殲滅敵人，如果前鋒被攻破就要補位。蒂雅在後衛專心施魔法。

大後方則有身為騎士的瑞秋和教官待命。

他們的職責是在我們陷入危機時出手援救，還有防範漏網之魚。

另外，有誰不能戰鬥就會上來遞補。

「那些巨魔來了嗎？」

從我和蒂雅造出的牆壁縫隙間，所見景象全染成巨魔的清一色濃綠。

視野受限的部分，待在崖頂的普通兵會向底下逐一報告。

沿著溪谷，有身高三公尺的濃綠巨人進軍而來。

待在崖頂的普通兵搭弓射箭，卻受阻於牠們厚實的外皮與脂肪，箭矢完全不管用。

巨魔們就如我們所料，行動被我和蒂雅造的牆壁限制，都朝著狹窄出口前進。

目睹這一幕，我和蒂雅就開始唱誦。

當巨魔前鋒抵達出口時，我們的魔法便已完成。

「「【紅蓮爆裂】。」」

持續使用火屬魔法，差不多會在第二十次的天啟學到這項魔法，平凡的具備魔力者到死都學不到這種魔法。

正因為如此，威力非同小可。

籃球大的火球呈拋物線飛越土牆，落在大群巨魔之間，爆炸掀起，從牆縫可看見紅蓮火焰。

監視的士兵高喊。

「命中！擊破八頭敵人！」

果然很硬。

我還有蒂雅，具備一等一魔力的兩人施展高階魔法，只分別打倒了四頭。

可是，沒空絕望。

魔法組的職責是把土牆當成屏障一股勁地施魔法，我們將巨魔數量削減越多，前鋒組就越是輕鬆。

然後，前鋒組的職責當然就是驅逐闖過出口的那些巨魔。

面對最先越過土牆的那兩頭，他們已經進入迎擊態勢。

艾波納衝上前去。

「去死吧。」

只管拉近與敵人的距離，再反手出拳。巨魔的肚皮一陣波動，隨即爆開，上身與下身分成兩截，陷進了土牆。

艾波納不用武器，因為以她的力量一揮，武器就會承受不住而碎裂。

「要上嘍，塔兒朵同學。」

「好的！」

另一邊的巨魔，有塔兒朵和諾伊修合力對付。

雖然是臨陣聯手，他們仍巧妙地從左右夾攻，攪亂巨魔，塔兒朵的長槍捅中眼珠，諾伊修的銳利劍刃斬開了手腕。

高招。巨魔身披堅硬外皮與厚實脂肪構成的鎧甲，一般攻擊無法對牠們造成傷害。然而眼睛可以輕易捅瞎，手腕脂肪較薄又有動脈通過便會噴血。

受到兩人攻擊的巨魔流著血大肆發飆，幾十秒後就倒地不起，變得冰冷了。

用這種方式不用消耗體力就能解決掉巨魔。

只要敵人走我們安排的路，一次能闖出的巨魔頂多兩到三頭。

光是靠艾波納、諾伊修和塔兒朵就來得及應付。

趁這段期間，我和蒂雅會一股勁地放火燒那些堵在後頭的巨魔。

戰況吃緊，卻不至於凶險。

專注於重複剛才那一套就行了。

問題在於我方會先耗盡體力，還是巨魔會先全滅，何者比較快。

來吧，要開始拚毅力了。

◇

……開戰以後過了三十分鐘。

不對勁。這場仗無法完結。

我們已經收拾了百頭以上的巨魔才對，可是，敵方攻勢未顯衰退。

隔著土牆看不見整體局勢，我們只能依靠崖頂的那些士兵報告。

一向氣定神閒的諾伊修難得焦躁地大喊：

「到底還剩多少敵人！」

「估計一百二十！」

「怎麼回事？明明我們至少打倒了一百頭以上！」

「不知道從哪裡冒出來的，敵方陸續有增援。」

開戰前發現敵人數目多了五成就讓我感覺不妙，後續居然還有增援。

連增援的兵力一起算進去，數目已達兩百二十頭。

非但如此，還無法保證敵人不會再增加。

基本上，就算之前都躲著也未免太多了……我有不好的預感。應該將有能力製造魔物的魔族潛伏於敵陣這項可能性算進去。這不是鬧著玩的。

「抱歉，我好像，撐不住了。」

蒂雅臉色蒼白地跪了下來。魔力匱乏症。

怪不了她，我們一連用了三十分鐘的高階魔法【紅蓮爆裂】。

還有，塔兒朵也不妙。

動作開始有欠精彩。

她沒躲過巨魔揮下的棍棒。

「呀啊啊啊啊啊啊啊啊啊啊！」

塔兒朵勉強用左臂防禦，卻傳出骨頭碎裂的聲響彈飛倒地。她想起身，卻似乎在著地時失敗扭到腿而無法動彈。

巨魔獸慾畢露地朝塔兒朵伸出手。牠想把塔兒朵帶走。

「你這頭豬！」

我中斷【紅蓮爆裂】的唱誦，拔腿疾奔。用上疾奔的一切勁道跨進敵方跟前，再扭身聚力出掌將巨魔擊飛。

曾在入學測驗打倒副團長的招式。氣與魔力在巨魔體內炸開，巨魔七孔濺血，當場斃命。

跟當時不同，我沒有手下留情。

由於是從體內炸開，厚實脂肪和肌肉都能夠無視。

「盧各少爺！」

「塔兒朵，妳退到後方，前鋒由我接手。」

「我還可以戰——」

「妳已經撐到極限了！腿能站就往後面退。」

塔兒朵沒有再反駁。

應該是因為她明白繼續耗下去會拖累我。

我對塔兒朵的鍛鍊並沒有柔和到戰鬥三十分鐘就會累垮。然而，她尚未完全適應圖哈德之眼，對神經造成了嚴重消耗。

我頂替塔兒朵當前鋒，一面挺身保護背後的塔兒朵，一面與巨魔對峙。

……原來塔兒朵一直在這種沉重壓力下作戰啊？之後得誇獎她才行。

「你跑來這裡，誰能打倒後面那些傢伙？」

「我不來這裡的話，陣線會垮吧。在那位騎士或教官出馬前先頂著。」

「也對，我們都解決這麼多敵人了，希望也該換手嘍。」

諾伊修打趣歸打趣，看起來仍相當吃力。再撐，恐怕也就半小時而已。

在這種狀況下，更糟糕的事態發生了。

臉色蒼白地跪著的蒂雅放聲尖叫。

「盧各，我們設的土牆！」

「到極限了是嗎？」

巨魔們堵在後頭過不來這段期間，一直大鬧想推倒看了礙眼的牆。

……光這樣倒還撐得住，可是艾波納用蠻力將巨魔殘骸掄向土牆，導致牆體受了相當大的損傷。

即使如此，照當初回報的敵方數目，能趕在牆垮前結束。基於這種考量才蓋了牆。

然而，戰鬥拖久終於讓土牆到了極限。

一切都是估得太樂觀惹的禍。

巨魔從牆後蜂擁而至。

牆垮了，可以看見數量與開戰前無異的巨魔。與方才不同，有五六頭排成一列朝這裡直衝過來。

……我早有覺悟，內心卻快要屈服了呢。

物量如此龐大，招架不住。而且，後面有負傷的塔兒朵和魔力用罄的蒂雅。

當下已經不是我保留實力的時候了。

不出全力的話，不只是我，所有人都會死。

當我準備祭出原本當成禁招的琺爾石時。

「終於可以痛宰敵人了。之前都只能一隻一隻地宰，磨了又磨、耗了再耗，好麻煩喔～～～～～～我要把你們統統殺光！」

發火的艾波納衝進敵陣當中。

她那樣做立刻就會遭到包圍，讓巨魔圍毆。

可是，圍住艾波納的巨魔一口氣被大卸八塊了。艾波納在笑。

那比她在模擬戰激動起來時的笑容更加凶猛。

如今，艾波納就像一頭對血飢渴的野獸。

那就是勇者，同時也是艾波納所謂變得一片全紅的模樣。

諾伊修臉色緊繃，塔兒朵、蒂雅都在害怕。

而凶暴野獸並未發覺他們的視線，開始大啖獵物。

Episode17

第十七話 暗殺者失手

The world's best assassin, to reincarnate in a different world aristocrat

勇者艾波納力壓眾巨魔。

光是手臂一揮，敵人便成為絞肉，不時施放的火炎子彈將巨魔從前排貫穿至後尾，一路飛到視野以外。

那並非戰鬥，只是單方面虐殺而已。

巨魔沒有畏懼的情緒，因此會不斷挑戰如此力壓牠們的生物。

站在我旁邊的諾伊修發著抖擠出聲音。

「啊哈哈哈，那是在打什麼？跟我們實在差太多了，早知道從一開始就這樣做。靠艾波納就夠了，我們待在這裡根本沒有意義。」

諾伊修在模擬戰看過我們交手好幾次，不過他是頭一次目睹艾波納像這樣認真大開殺戒，更對超乎常理的力量心生動搖。

「應該吧。別像這樣分配職責，讓艾波納隻身殺進去，或許早就將敵人殲滅了。」

「聽你的口氣似乎早就心裡有數。那麼，為什麼還要出這種計策？」

諾伊修的話遭到打斷。

因為巨魔的腦袋如子彈般飛了過來。

我將魔力灌注於圖哈德之眼，才勉強來得及反應。

我用短刀握柄敲向飛來的巨魔腦袋側面，讓軌道偏移，那顆頭便深深陷入背後的土牆。

如果硬接這種玩意兒，手臂就廢了，所以我才四兩撥千斤。

若直接命中，即使是具備魔力者也不會沒事吧。

單純的流彈，艾波納光是認真動手便弄成這樣。

「這就是答案。在艾波納動手時遭受波及比對付巨魔還要恐怖。所以，我不希望搞出讓艾波納認真的狀況。接下來，你可別有一絲鬆懈。」

「我倒想全速逃跑。」

「難就難在這種狀況下逃跑也會構成敵前逃亡。假如能逃，我也早就那樣做了。」

望向後方，魔力用罄的蒂雅和精神力耗盡的塔兒朵正在慢慢後退。

起碼在她們抵達安全地帶前，我得死守這裡。

就算是艾波納，也無法同時應付那麼多巨魔，會有漏網之魚。這也是我不能離開此處的理由。

瞧，立刻就來了。

有兩頭巨魔穿過艾波納身旁。

就在我對諾伊修使了眼色要打倒那兩頭的時候。

「你們這些臭豬！別以為逃得過我！」

魔力於艾波納右手高漲，她將不經唱誦的魔力原原本本地朝巨魔發射。

具備魔力者之所以要使用魔法，是因為單純的魔力幾乎不具攻擊力。

假如光是把大團魔力砸向敵人就能成為有用的攻擊手段，那根本不會有人想用必須經過唱誦的魔法。

明明如此，艾波納這一擊有著龐大的魔力，又經過勇者特有的好幾種S級技能強化，形成了必殺的威力。

「不妙！」

那團魔力會直擊巨魔。問題是再過去有蒂雅和塔兒朵。

魔力將貫穿巨魔，並且打中牠背後的兩人。如今她們既不可能躲也不可能逃。

我往旁衝出，闖進她們倆與巨魔之間。

要拿出在學園一直隱藏的全力嗎？

動用全力，我就可以毫髮無傷地擋下這一擊……不，即使藏著那張底牌還是應付得來。

寧可負傷也要隱藏實力，我做出覺悟。

讓魔力流入以魔獸被膜製成的內衣，使其硬化。

當中有雙重構造，分成會變硬的表層還有柔軟可吸收衝擊的裡層。只要灌注足夠魔力就能成為最佳的保護。

如同預料，我用背後承受轟穿巨魔的大團魔力。

肩胛骨碎了。我用全力站穩，卻被彈飛出去。

……順利招架住了。接下勇者的一擊，只受這點傷已算上乘。有【超回復】就能在幾分鐘內痊癒。

只不過，照這樣下去會撞上塔兒朵她們。

我朝地面發射魔力團。

即使不像艾波納那樣有必殺威力，還是可以靠反作用力改換方向。我從直接撞上她們倆的軌道偏離出去了。

就算採取護身動作，恐怕仍得覺悟這股力道會讓我斷掉一兩根骨頭，不過受那點傷無妨。

「盧各少爺！」

明明如此，塔兒朵卻衝出來接住我，以免讓我撞傷。

明明她已經傷勢慘重，還處在沒有用魔力強化體能的狀態。

我拖累塔兒朵滾了數公尺遠。

終於，我們停下來了，接住我的塔兒朵卻已昏迷。大概是口腔破了，從她的嘴角流出鮮血。

「塔兒朵！」

為什麼要護著我！

在沒用魔力強化身體的狀態下接住衝力如此強勁的我，會變成這樣是早能預料的。

……這是笨問題。塔兒朵就是想保護我才會胡來。

她就是這樣的女孩。

看向前方。

跟艾波納目光相接。她看了我的臉，感到害怕。

感覺並不像直到前一刻都還沉醉於戰鬥的人。

她的動作明顯變遲鈍了。

即使如此，仍不成問題。畢竟連巨魔使出渾身力氣的一擊都無法對艾波納造成半道傷口。

她用細細的聲音求助似的對我搭話。

「我、我沒有，那種意思，我不是故意要──」

我曉得。我不能原諒的是自己。

我本來就知道艾波納出全力會變成這樣，才一直在擬定對策。

不只如此，我還自作聰明地認為藏著異常魔力量這張底牌也能順利應對，失手後就讓塔兒朵替我付出了代價。

明明我可以想像，是塔兒朵就會為了保護我而挺身接住我。

「越過來的傢伙我會設法解決，看著前面戰鬥就好！」

我擠出這句話。

我沒有掛懷，這是意外，不是艾波納害的。

我應該這麼說才對。可是，情緒是另一回事。看到塔兒朵受傷，我的心亂了。

當下要是出言安慰，肯定會變得虛偽。因此，我只能這麼說。

◇

後來，那些巨魔隔了約十五分鐘便全滅，我們要啟程回去學園。

艾波納從塔兒朵倒下以後，身手始終不靈活，卻還是強得力壓全場。

雖然漏網之魚變多了，不過多虧一直待在後方的教官他們終於上前救援才撐過去。

令人在意的是，從艾波納出全力以後，巨魔的援軍頓時停下了。

明明牠們之前不知道從哪裡冒出了那麼多。

由狀況來想，這不就是偵察嗎？

為了打倒勇者，要以此得知艾波納的全力和弱點。

假如為了這個目的，敵方就把這麼多的巨魔當成棄子，那真正的重兵會有多少？

我搖頭。現在不是思考這些的時候，得專注於治療塔兒朵。

蒂雅擔心地問道：

「盧各，塔兒朵會不會有事？」

「她不會有事。挫傷、骨折與擦傷，全都治得好。」

「太好了。因為你們飛得好遠，我一直在擔心。」

雖然軍醫也在，但我醫術比較好，便親自為之。

處理告一段落以後，我現在正用魔力強化自我痊癒力。

「塔兒朵的氣色好很多了呢。」

「是啊，已經可以放心了。」

我摸了摸塔兒朵的頭。

當我們說這些時，將座位與床鋪區隔開來的布簾被拉開了。

「呃，那個，我是來道歉。」

艾波納似乎害怕和我目光相接，都朝著底下。

「……當時戰況那麼激烈，受到波及也是難免啦。」

我整理好心情了。我的語氣應該不像耿耿於懷。

「可是，呃，我害了塔兒朵。」

「只要道歉，塔兒朵也會原諒的。」

「是嗎？希望是這樣。盧各，我也害你受傷了，對不起。我又弄成這樣了。每次上戰場，跟敵人戰鬥，我就會變成一片全紅，大鬧特鬧，等到回神以後才發現害所有人都受了傷，所以，我，我——」

艾波納的拳頭在發抖。

「我希望，自己能夠改變，堅強得變成一片全紅也能看清四周，所以，跟你打模擬戰，我都會認真到讓自己激動得變成一片全紅，即使如此也沒有讓任何人受傷，就培養出了一點自信。我以為今天不會有事的，卻還是不行。」

是啊，我明白。

在學園市集那時候，我聽了她的煩惱，約好要協助她，實際上也幫到了現在。每次打完模擬戰，她都會表示今天也沒事，開始慢慢地養成了自信。

「再說，我覺得即使我變成一片全紅，憑你還是阻止得了。啊哈哈，我真自私。然後，再讓我說聲抱歉。果然，我根本當不好勇者。」

艾波納如此說完就回到原位。

蒂雅在苦笑。

「看來她不是個壞女生。再說，她也非常看重你呢。」

「是啊。」

……憑我還是阻止得了嗎？

我想起那天的約定。

當時我約好了，即使跟艾波納在一起也不會喪命於她的手裡，還有，假如艾波納失控就要阻止她。

卻落得這番田地。假如我盡了全力也沒能阻止，那倒還好。

但我就是隱藏了實力才弄成這樣。

「蒂雅，妳覺得我要向艾波納道歉比較好嗎？我是沒有說重話，沒保護好塔兒朵的焦躁卻從態度表現出來了。塔兒朵倒下時，我擺了臉色瞪艾波納。」

「我覺得我所喜歡的盧各會道歉喔。」

「也對，等艾波納心情平靜下來，我就去道歉。」

我早就釐清有錯的是我了。

還是不夠成熟。由於變得有人性，就會被不成熟的心耍得團團轉。

一項一項逐步改進吧。

「然後，我也要向塔兒朵道歉才行。」

「你若那麼想，不如吻她怎麼樣？一親就會讓她心情好起來喔。」

「也對，就這麼辦。」

「咦，我本來當成開玩笑，你卻是這種反應？剛才你一點都沒有遲疑對不對！難道說，你跟塔兒朵已經接吻過了？」

「……沒有那回事啦。」

為補充魔力而接吻是祕密。

「好詐喔，我也要啦。盧各，你從那次之後就沒有吻過我。」

於是在回去之前，我就被蒂雅問東問西，等回到學園時，塔兒朵便醒過來了，我道歉後反而被她用全力賠罪。即使我說會補償，她也聽不進去。所以，我決定找個機會送禮物當成驚喜。

還有，明天就趕快跟艾波納見面並且道歉吧。

這種心結越早解開越好。

Episode18

第十八話 暗殺者道歉

The world's best assassin, to reincarnate in a different world aristocrat

結果，我沒能向艾波納道歉。

隔天我本來想在教室道歉，但是她被其他任務找去，離開學園了。

這次只找艾波納一人，被命令擔任勇者伙伴的我們並沒有接到指示。

……跟巨魔那一戰或許拉低了上頭對我們幾個的評價。

午休時間，我在中庭用餐。

倒茶的塔兒朵哼著歌。

「妳的身體已經沒事了嗎？」

「都好了。因為少爺幫我治療了一整個晚上。」

塔兒朵作勢秀出上臂的肌肉。

正如她所說，由於我一整晚都在幫忙強化痊癒力，傷已經好了。

話雖如此，塔兒朵應該受了精神上的刺激，疲憊也還沒消除，我擔心的是這部分。

然而，塔兒朵從早上就跟往常一樣準備便當，表現得精神奕奕。

「妳真的沒事？」

「是啊，都好了。昨天我一時失察，我會更加努力鍛鍊，以免再發生那樣的事！要活用少爺賜給我的眼睛才行。」

也許魔力伴隨著幹勁注入了眼睛，即使戴著彩色隱形眼鏡還是透出微微的光芒。

「我要不要也換成那種眼睛呢？」

蒂雅看似羨慕地看著塔兒朵的眼睛。

「得考量一下才行。圖哈德之眼很方便沒錯，然而魔力在尚未適應的期間會一直外洩。蒂雅妳屬於魔力多的人，但是碰到之前那樣的戰鬥就會魔力不足。或許消耗魔力的眼睛不適合妳。」

「唔，我的魔力也許確實不夠分給眼睛，不過經過鍛鍊以後，就能在想用的時候才用吧？再說，那種眼睛即使不灌注魔力，性能也是普通眼睛沒得比的。」

「是這樣沒錯。」

「那麼，我還是想要耶。反正都要獲得那種眼睛，不早點適應不行……不過，真不可思議，塔兒朵的魔力遠遠少於我，我卻沒有看過她倒下。目前她適應了倒可以理解，但既然魔力在尚未適應的期間會一直外洩，還能保持正常才奇怪。」

不愧是蒂雅，被她察覺到這個不自然之處了嗎？

「啊，那個嗎？因為我不時會請少爺幫忙補充魔力。直到最近，我才終於掌控得差

不多，頻率也就變少了。」

蒂雅看著我的臉，並且微笑。

總覺得怪恐怖的笑容。

……糟糕。我對塔兒朵說過那是圖哈德家的祕術，所以要保密，卻沒有交代不能對身為自己人的蒂雅說。

「欸，盧各，我沒聽說過你能供給魔力耶。假如你辦得到這種事，為什麼不在昨天的戰鬥中對我做呢？明明那樣一來，我就可以更加活躍的。」

「因為那是圖哈德家的祕術，不能在人前執行。」

「嗯……不過要怎麼做才辦得到那種事呢？協調雙方魔力的波長，以技術而言難雖難，但並非不可能……即使靠你對魔力的掌控精度，也會流失到兩成左右。啊，不過你的魔力接近無限就不必在意吧。直接接觸是必須的……要提高傳導效率，同時又要防止好不容易協調波長的魔力跑掉，我猜只能那樣吧……換句話說，就是那麼回事嘍。唔，你都對塔兒朵偏心，好詐喔。」

光是提到魔力的讓渡，她就推敲出來了。

蒂雅就是這麼恐怖。

「欸，盧各，我想練習會大量使用魔力的高階魔法，可是高階魔法一下子就會把魔力耗完，練習起來一點都沒有進展，很傷腦筋呢。」

「我明白了。妳需要多少魔力，我都會供給。」

「好耶。呵呵，真讓人期待。可以盡情練習魔法，還能跟盧各接吻……假如盧各不情願，也可以用別種黏膜接觸就是了。」

「那在結婚之前都不可以！」

塔兒朵滿臉通紅地插話。

連對這方面不熟悉的她似乎也聽懂了。

……光以效率來想，用那種方式會更好。我看還是瞞著她們吧。

「畢竟塔兒朵會生氣，暫且就不那麼做嘍。再說我也有點怕，那部分就當成再隔一陣子以後的樂趣好了。所以，麻煩你用接吻的方式供給魔力喔。」

退路被堵住啦？

我並不排斥接吻。

我喜歡蒂雅，反而還覺得自己占了便宜。只是在理性上有顧慮，才一直避免。

就怕接吻以後會無法自拔。

要跟最喜歡的蒂雅接吻還只能停在那個階段，吊足了胃口。

年輕的肉體實在不好管。

「蒂雅，雖然話題偏掉了，但妳真的想要眼睛吧。」

「當然了，能看見魔力，我想魔法就會變得容易掌控。這麼做絕對能讓魔法進步。

只能以感覺捉摸的魔力變得可以目視是大有優勢的喔。何況實戰中後衛以魔法互轟，也可以從凝聚的魔力預判對方會如何出手而更加有利。對我來說反而這才是重點。」

很符合魔法士的思考方式。

看得見魔力是與超動態視力同等優越的好處。

「那麼，我會替兩人份的手術預做準備。」

這樣就敲定要幫塔兒朵的另一隻眼睛，還有蒂雅的眼睛動手術了。

期待她們倆進一步成長。

◇

一週以後，艾波納回來學園了。

後來她就表現得莫名見外。

對我自然不用說，連跟蒂雅她們都有意保持距離。

在她單獨出任務的期間，肯定發生過什麼。

即使我想搭話也會被避開，讀書會也都不參加。

不得已，我決定晚上拜訪艾波納的房間。

希望能避免一再錯失機會而拖到無法道歉的局面。

再走一小段路就到艾波納的房間了。

警鐘大作。

這種鐘聲是……敵襲警報？

難道說騎士學園遭受襲擊了？

來襲的到底是什麼人？太瘋狂了。

雖說未成氣候，這所學園明明就有一百名以上的具備魔力者。

「……不對，換成被魔族率領而來的魔物就有可能。」

宿舍裡發出廣播。

廣播內容是要我們立刻到講堂集合。

此外就是有大群魔物正朝著這裡逼近。

這次不只巨魔，似乎還有各式各樣的魔物。

其規模是上次無法相比的。

「這就是那群巨魔令人感覺有異的原因嗎？」

上次巨魔表現出的行動並不自然。

正因如此，我也懷疑過那是在偵察或收集情資。

那麼，要推測當時對方所求的是何種情資。

可能性最高的，是勇者艾波納的弱點。那些傢伙的目的在於擊潰勇者。

而且，其目的達成了。因為這樣，敵人才會在那個時間點撤退，並且改於今天襲擊學園。

這麼想就說得通。

艾波納被那些傢伙得知的弱點，有力量駕馭得並不純熟且會波及我方這一點，還有艾波納最害怕的就是發生那種事。

這所學園若擠滿魔物，對艾波納來說將構成最難施展的局面。

「假如說，這次襲擊學園是專為削弱艾波納才發動，還真是被敵人看扁了。畢竟對方認為只要能削弱勇者一個人的戰力，就算多對付百名以上的具備魔力者也無妨。」

魔物不過是隨本能到處活動的野獸，魔族卻擁有高度智慧，長於創造與統率魔物——文獻上有如此的記載。

可是，沒想到牠們行動居然能構思這麼多。

「艾波納！」

聽見警鐘的艾波納衝出房間，我便向她搭話。

艾波納剛準備說些什麼，就把話吞了回去，並且另外找詞。

「我先走了。盡可能，遠離戰鬥。」

那是拒絕之詞。

因此，我對她拋出該講的話。

「之前是我不好……艾波納，我們再一起作戰吧。我會讓自己變強到足以勝任，所以，妳別單打獨鬥。」

這是表明決心。

我不會再成為累贅。

艾波納不回頭，拔腿離去。

話傳達到了，只剩予以證明而已。

說不定那樣的機會已經從天而降。

Episode19

第十九話 暗殺者探敵

The world's best assassin, to reincarnate in a different world aristocrat

魔物重兵壓境，學園裡慌成了一片。

幾乎所有學生都集結到講堂了。

不在這裡的，是高年級菁英與艾波納。

高年級當中的有力隊伍已經前往迎擊魔物。

教官站到台上，並且開口。

「諸位，要你們聚集過來不為別事，有大群魔物將對這所學園不利。除南方以外，幾百頭魔物正從另外三個方向逼近，目前仍持續在增加。巨魔與哥布林混合而成的部隊……幾乎可篤定有魔族在。」

我想也是，魔物才不會瞬間移動。

只要有能創造魔物並加以統御的高等魔族，魔物之所以會突然出現也就可以理解。

「校方已請求騎士團出動，但是抵達最快也要半天。然而，敵人就在眼前。換句話說，非得由我等與你們設法解決。」

騎士團能在半天抵達只是最樂觀的估計罷了。

說起來，這所學園本身是城寨，原本就屬於派遣戰力的一方，加上學園變成目標，表示位於附近的王都也會有危險。

除非王都的安全得到保障，否則兵力便不會分來這裡。

「諸君，做好覺悟。我們無處可逃，要奮死一搏。這是全面戰爭，力有不及者也要盡己所能戰鬥。若沒有集眾人之力就贏不了。」

現場一片安靜。

低年級當中還有人在發抖。

突然被迫面臨這種艱困的局面，怪不得他們。

教官繼續進行說明。

每個高年級底下似乎會配屬五到十名的低年級展開行動。

要聽從其指示，並且作戰。

還有，萬一發現魔族要立刻聯絡，禁止與魔族交戰。

……因為魔王與魔族非要勇者才殺得了。

眾人散開，各自聚集到高年級身邊。

於這般情勢下，有例外存在。

「沒想到，就只有我們得不到高年級保護。」

我淺淺地笑了笑。

沒錯，當其他隊伍都有高年級加上低年級編制時，只有我們幾個是除了艾波納不在之外皆如往常的班底。

「我不介意。畢竟沒空把人手分在能自保的學生身上，這樣要行動也比較方便。」

諾伊修這些話有一半是逞強。

先前的作戰讓諾伊修喪失自信，而他還沒有從陰影中走出來。

高年級帶著低年級逐批離開講堂。

校方已對高年級做出指示，再由他們轉達低年級展開行動。

廣闊的講堂只剩我們。

然而，校方對我們沒有任何指示。

於是教官過來了。

「我希望將特別的任務交給諸位。在普通學生面前沒辦法明講，但陷入消耗戰的話我們必敗無疑，因為能寄託求生希望的勇者只有一個人。」

艾波納是殺戮的永動機，卻只能守住單一方面。

可是敵人正從王都所在的南方以外全面進攻。

增援數目也看不見底。

艾波納以外的人手會在幾小時內變得派不上用場，防線將從艾波納不在的地方開始瓦解，這是顯而易見的。

這並非偶然。魔族擬出的戰略就是要迫使局面走到那一步。

「勝利條件只有一個。在我方有某處被消耗而遭受突破之前，探查出魔族，交由勇者打倒。你們的任務就一項，把魔族揪出來。」

唯有此途。

只要打倒魔族，魔物將不再增加，更會失去統率。

如此一來，終於可以看見勝算。

我與在場眾人互望，對彼此點了頭。

「我明白了，教官。我們會一邊防衛，一邊將探查魔族視為優先要務。」

「期待你們的表現。」

全以高年級組成的隊伍恐怕也被下了相同命令吧。

◇

作戰開始了。

我們位在東側。敵人最多的北邊由艾波納戍守，剩下的方位則有平均分配到戰力。

從學園所見的南方，也就是王都那邊獨未遭受襲擊，或許是因為敵方料想到把魔物送過去，王都就會派出戰力。

不讓保護王都的戰力出動。即使如此，學園與王都之間若有魔物出現，戰力仍會釋出。

假如敵人能料到這麼多，表示所謂的魔族對人類理解非常深。

在東側，有兩道防線。

第一道防線相當靠近前方，全由高年級編制的隊伍正展開奮戰。

身手高竿，而且行事有效率，即使立刻配屬至騎士團也能活躍的水準。

就算敵人越過防線，他們也不會因而分心，藉著守多少算多少的方式來抑制體力與精神上的消耗。

然後，越過防線的那些魔物有第二陣來對付。

守第二陣的，是高年級率領的低年級隊伍。

這有順利在運作。

高年級靈活地運用了經驗不足的低年級。

將要做的事情明確化，讓他們在能力範圍內發揮是良策。

「唔哇，學長姊們果然可靠耶。」

蒂雅從第二陣後方施放魔法，一邊感到佩服。

監督低年級的那些高年級不只會下指示，救場也很確實。

目前，我們正在第二陣作戰。

先觀望情形。狀況我大致清楚了，差不多該採取行動。

「諾伊修、蒂雅、塔兒朵，我們到第一陣。聽好嘍，就用來這裡之前所講的方法，把魔族揪出來。」

為了找出魔族，有必要上前線。

不過，那樣會擔負風險。

「是的，我們走吧。」

「得幫到艾波納才可以啊。」

「傷腦筋，被塔兒朵同學和蒂雅同學這麼說，喪氣話可不能冒出口呢。我也一起去……畢竟跟著你似乎可以獲得戰果。」

可靠的伙伴們。

這樣就能對抗那些魔物。

◇

我們上前線繼續戰鬥。

這裡正在激戰。

……敵人比那時候的巨魔還強。

我用魔力強化體能。

以我平時留意的常人水準而言，強化幅度偏強，所以提升到瀕臨常人極限的境界。

「塔兒朵，眼睛能運用了嗎？」

「當然了，我不會再像之前那樣失態。蒂雅小姐怎麼樣呢？」

「……我也沒問題喔。現在完全封閉著。」

我一直在擔心圖哈德之眼對她們倆造成的副作用。

已經適應的塔兒朵，還有熟於操控魔力的蒂雅。看來我的擔心是杞人憂天。

即使來到前線，作戰也毫不驚險。

我們的身手跟高年級比仍不會遜色。

不，反而可說比他們出色。

有我們加入，殲敵速度一舉提升了。

有個高年級學生笑著對我們搭話。

「聽說有群一年級跟怪物一樣，就是你們幾個嗎？了不起的本事，夠可靠！」

「謝謝。多虧有學長救場，我們作戰才方便。」

「哈哈哈，保護學弟妹是學長的義務。不過，你們衝這麼快，撐得住嗎？」

如學長所說，我們並沒有考慮步調，一直都是全力戰鬥。

「因為我們不打算持久。我們的任務是要探查魔族，為此我們正在做必要的事。」

「探查嗎……是這麼一回事啊。喂，葛蘭茲、巴赫爾、蕾娜，用五分鐘全力作戰就好，協助學弟妹達成計策！照現在的戰況走向和勢頭，這樣應該夠了吧。」

「了解啦。」

「我也有想到那一手，不過居然被學弟搶先執行了。」

「可靠的學弟，這裡交給大姊姊們吧。」

學長姊們也解除限制，開始以驚人攻勢驅逐魔物。

不愧是菁英隊伍。

竟然從剛才那一句就聽出我的企圖。

作戰開始過了兩小時。

明明才過了這麼點時間，狀況卻越來越糟。

開始有傷患出現了。

傷患退到後方，但人力減去多少，留下來的人負擔便增加多少，出現失誤就會讓傷患進一步增加而陷入惡性循環。

為了讓身體休息而輪番作戰的機制也沒辦法運作了。

敵人過強過多。

除非把魔族找出來，然後叫勇者艾波納助陣，否則就無從對抗。

局面已經不容遲疑。

再繼續坐失良機，將會連賭一把的餘裕都沒有。

正因如此，要一決勝負得趁現在。

我已經讓塔兒朵和蒂雅豁出全力，完全不考慮步調，我自己也是靠【超回復】維持高步調，殺魔物毫不歇手。

這正是找出魔族需要做的事。

因為魔族一直在製造魔物，敵人再怎麼殺也不會減少。

然而，冷靜想想就知道。

製造魔物的魔族恐怕只有一名，被製造出的魔物會從魔族那裡移動到戰場。

循敵方援軍過來的路徑反推回去，魔族就在牠們後頭才對。

我一邊作戰一邊持續尋找那條路徑。

敵人也不是傻瓜，都巧妙地做了掩飾而難以探查。

因此，我認為有必要製造逼敵方增派大量援軍的狀況，就一口氣削減了魔物數量。

讓我算中了。由於派出大量援軍，掩飾工作變得草率，我終於發現了通往魔族身邊的路徑。

「塔兒朵、蒂雅、諾伊修，我要到魔族身邊，發現以後就會射出信號彈。你們留在這裡幫忙撐起前線。」

「怎麼可以，少爺一個人太危險了。」

「有的事情非我一個人才能做……接下來是屬於本行（暗殺者）的領域。」

沿著敵方援軍找出增兵源頭的魔族。

這表示要到防衛線的遙遠前方，孤立無援地衝進敵方大軍之中。

當然了，我辦不到一邊驅散敵人一邊前進的把戲。

必須有神不知鬼不覺地於敵人來勢中逆行的隱密性與速度。

這就得靠暗殺技術。

隻身才好辦事。

「我又不能跟去了呢。那麼，我會在這裡守住少爺要回來的地方。」

「要是你帶傷回來，我會生氣喔。」

「包在我身上。還有，妳們倆聽我說，不好意思，在這種時候拜託，能不能給我祝福的吻？就算是我，要衝進那樣的陣仗也會害怕。」

「好的，我當然願意。」

「真是拿盧各沒辦法耶。」

我與她們倆親吻，並將魔力灌輸過去。

說要祝福只是檯面話。她們倆都豁得太盡，魔力嚴重消耗。

有必要補給魔力，而這麼做就可以自然地透過親吻來供給魔力。

儘管也不是沒有人會疑惑我們在戰場中央搞些什麼，但總比放著魔力不支的她們倆好多了。

「我去去就回來。」

「請少爺加油！」

「等你回來以後，要換成普通的吻喔。」

我對她們倆微笑之後，深呼吸疾奔。

我衝進大群魔物之中，鑽過牠們。

不知道魔族是什麼樣的生物。

我冒出了一點興趣。

Episode20

第二十話——暗殺者伸出援手

The world's best assassin, to reincarnate in a different world aristocrat

我沿著魔物援軍過來的路徑前進。

我一面打倒魔物用牠們的血來掩飾自身氣味，一面隱藏氣息，在行進間保持勉強不會迷失路徑的距離。

慎重，而且大膽地推進。

要是被發現而陷入戰鬥就麻煩了。

畢竟一旦被發現，援軍顯然會在交戰過程中趕至而來不及處理。

……令人膽顫心驚。

於是，大約推進三公里以後，牠就在那裡。

外表像巨魔，卻打扮得明顯與其他敵人不同。

身披魔獸皮甲，全身舊傷累累。

白髮與長鬚相輔相成，營造出老戰士身經百戰的獨特風格。

那傢伙張大嘴巴，下顎完全脫臼。

隨後，巨魔與哥布林就從他口中冒出來了。

駭人的景象。

「看了心裡實在不舒服。」

牠就是用這種方式一直在增加敵人的數量，所以戰鬥過多久都無法結束。

我從腰包拿出信號彈。

學園發給奉命探查魔族者的特製品。

點燃導火線使用。

前端像沖天炮一樣飛去，在上空引發綻放紅光的爆炸。

這樣的話，縱使離了幾公里遠也看得見。

艾波納應該立刻會趕到。

要說有什麼問題……

「哎，就知道會這樣。」

大群的巨魔與哥布林蜂擁來襲。

剛才發出信號彈，能讓勇者得知這裡的位置固然好，不過我自己的位置自然也會洩露給敵方知道。

離遠再使用才安全，但是那樣就有欠精確。

而且我總不能離開這裡。看似魔族的巨魔老戰士一旦移動，我發射信號彈就失去意義了。

非得就近繼續監視才行。

身手輕盈的哥布林像猴子一樣在樹枝間到處飛縱，朝我逼近。

趁牠們躍向半空的瞬間，我投擲短刀貫穿其眉心，有三隻摔了下來。

我待的地方在森林裡，大型巨魔受到樹木阻礙，難以活動。

因此，我有時間可以唱誦。

「【炎嵐】。」

火焰風暴將巨魔連同厚實外皮一起燒盡。

我提升魔法的精度，藉此將所有熱能封入風暴當中，形成了不會有火舌竄出的炎之牢籠。

兩頭巨魔燒成了火烤巨魔。

然而……

「緩不濟急啊。」

哥布林和巨魔都有幾百頭。

像這樣打倒幾隻根本沒有意義。

我閉上眼，拿出閃光彈砸過去。

世界染成一片全白。我抓準那一瞬間，用全力縱身躍起，躲了起來。
魔物們要搜出我所在的位置。
看來牠們的索敵能力似乎不高，得救了。
……那麼，在勇者大人到場以前，我就繼續躲著吧。

◇

我一邊監視一邊定期改換位置繼續躲。
目前沒有被發現的跡象。
可是，奇怪了。光從這次的戰略性行動來看，這個魔族智慧相當高。
牠應該會知道那是信號彈，也曉得我叫了勇者過來。
那麼，為什麼不採取行動？注意看，有什麼玄虛才對。
對了，魔物並非全是被派出的援軍，也有魔物跑回來這裡。
仔細一瞧就發現，牠們似乎扛著某種行李。
看起來像大尺寸的麻袋，裡頭裝的東西偶爾會動。
巨魔聽魔族指示打開麻袋以後，似乎遭下毒麻痺而動彈不得的學生就在裡面。
「是這麼回事啊。」

巨魔本來就有強擄雌性播種以增加同族數目的特性。

對方利用這一點，要牠們把學生帶回來了。

……為了當成肉盾運用。

敵人會準備這些肉盾，應該是因為在上次來襲時得知了艾波納的弱點。

知道勇者害怕波及己方，才有這種作戰策略。

發現行蹤暴露也不逃，是因為牠們準備好要迎接勇者了。

……不妙。在艾波納趕來前，救得了那些學生嗎？

「一兩個倒還有辦法救，二十三人啊。」

不可能。光要打倒距離人質近的巨魔是可以，然而憑我一個人要帶走將近二十名的人質逃離這裡並不實際。

有爆炸聲傳來，我轉眼望去。

「終於找到了呢，我的敵人。我會殺了你，並且履行使命。我要成為貨真價實的勇者，照著跟米蕾的約定，保護亞爾班王國。」

當我思索法子到一半，艾波納就來了。

艾波納走過的痕跡形成了一條路。

風壓颳倒周圍的物體，地面被腳蹬出了巨大窟窿。依舊強得超凡絕倫。

巨魔群起嘲笑，老戰士風貌的巨魔……魔族則是走向前來。

「此次的勇者不成氣候啊。不成，不成，只是個被選為勇者的娃兒。」

「或許吧。不過，我會辦到的。」

「噢噢，勇氣可嘉。難得照面，老夫先報上名字吧。唉，即使告訴你們，恐怕也聽不懂，應該用你們的語言自介才是。老夫乃巨魔將軍，至高無上的巨魔。」

對方說要配合我們，意思就是選了語意共同的字眼。

率領巨魔的將軍。以統率者而言十分簡明易懂。

「……艾波納，勇者艾波納。」

「呵呵呵。艾波納，老夫記住了。首先，立刻將勇者拿下吧。趁眾人尚未醒來，得先爭取功勞才行。」

爭取功勞；趁眾人尚未醒來。牠隨口說了這些話，但應該是重要的台詞。話裡頭到底有什麼含意？

當我抱有如此疑問時，雙方便開戰了。

頑強的大群巨魔撲向艾波納。

然而，艾波納不為所動。

她光是嫌煩似的像趕飛蟲那樣將手臂一揮，好幾個敵人就皮開肉綻地飛了出去，只用連魔法都不算的大團魔力猛砸，巨魔便七零八落。

壓倒性的力量。儘管如此，巨魔將軍卻在笑。

牠一邊笑一邊繼續張口生出巨魔。

艾波納的行動變遲鈍了。因為那些巨魔開始拿抓來的學生們當肉盾。

牠們用繩索般的道具把那些學生綑在自己醜陋的肚皮上。

「卑鄙！」

「這是戰略。我等可無法跟勇者這樣的怪物硬碰硬。」

聽得見巨魔將軍的高笑聲。

在這般局面下，艾波納作戰仍避免傷到那些學生。

艾波納原本就因為太強而無法做到精細的控制，很難好好戰鬥。

即使如此，她靠著離譜的防禦力而未陷入劣勢，頗有勇者風範。

「嗯，老夫本以為不用特地說出口就可以理解……看來並非如此，只得明講了。勇者若不停手……後果都知道吧？」

巨魔將軍示意後，有個男學生就被巨魔從腦袋啃下去而喪命了。

艾波納則是咬緊牙關，瞪向巨魔將軍。

然而，她沒有停止戰鬥。

「嗯，勇者既沒血也沒淚啊。」

「反正我要是輸了，也會死於你們手中。」

照艾波納的性格，我還以為她會聽從對方要求，但她有看清現實。

如她所說，她一死就全完了，所以沒必要介意人質。

……看起來跟在之前戰鬥中因為自己害塔兒朵受傷而陷入沮喪的她實在不像同一人物。艾波納排斥的終究不是我方人員受傷，而是在避免親手將其殺害。

「嘎哈哈哈哈哈，然也，然也，然也，然也。看來勇者並非蠢貨。可是，為什麼身手會變得如此遲鈍？」

上前的全是身體捆著人質的巨魔。

艾波納笨拙歸笨拙，作戰還是會避開人質。

果然沒錯。艾波納只是極端恐懼讓自己成為殺人凶手。

從表情看得出她的想法。敵人乾脆殺掉人質算了。那麼一來，她就可以從或許得親自動手的狀況解脫。

隨戰況如此持續，艾波納的模樣逐漸有異。

出手越顯草率。眼睛發亮，嘴角上揚，魔力充盈於身，肌肉隆起膨脹。

她沉醉於血與戰鬥之中。

「你們煩死了～～～～～～～～～啦～～～～～～～～～！」

然後，艾波納終於全力揮拳。

她將巨魔連同人質一起打穿。

「唔哇啊～～～～～～～～～～～～～我……我又……」

巨魔看艾波納像這樣尖聲大叫，就更加得意地把人質送上前並且撲了過去。

艾波納幾乎是無意識地予以反擊，又殺了更多人。

她臉色蒼白，身體瑟瑟發抖。

……在戰鬥過程中有某項技能讓她喪失理性，而殺人的衝擊令她回神了。

艾波納當場嘔吐，最後坐到了地上。照她這樣已無法再戰。

「實在讓人不忍再看下去。」

憑我單打獨鬥，要救人質並無可能。

但目前有艾波納在，要救人便有可能。我並不是光在看而已。為了艾波納，為了解救人質，我一直在觀察，擬定策略，估量出手的時機。

我也要參戰。為了履行自己一度失敗的約定，並且為那天的事道歉。

Episode21

第二十一話——暗殺者助陣

The world's best assassin, to reincarnate in a different world aristocrat

為了替艾波納助陣，我開始唱誦。

「【就位】。」

我從收納武器於異次元的【鶴皮之囊】取出二十挺……比存活人質數目＋1的火槍，並且以操控磁力的土魔法令其在半空就位。

研究過【鶴皮之囊】以後，我學會了將特定物品同時取出任意數量的技術。

選擇火槍而不用火砲，是因為火砲在這種情況下威力過高，會波及人質。

槍身填有將珐爾石磨碎的粉末。

用火槍就得對威力做如此細微的調整，分量稍有差錯將導致槍身承受不了而膛炸。

槍的優勢在於可以點對點射擊與靈巧好使。

加上威力相對低，後座力就小，因此也可以固定在半空進行射擊。

所以在這種情況會是有效的一手。

「【瞄準】。」

靠磁力飄浮的槍一挺一挺改變方向，瞄準目標。

常人不可能同時拿二十挺火槍進行瞄準，但我長期以來刻意對腦部加諸負擔，並以【超回復】療癒，對我這靠著【極限突破】而沒有成長瓶頸的腦袋來說就輕而易舉。

所有火槍都已經算盡環境要素，進而瞄準完畢。

「【槍口齊射（Fullfire）】。」

為求方便，用火砲會叫砲門齊射，火槍則是槍口齊射。

透過灌注魔力，琺爾石粉末達到臨界並開火。

二十發鎢製子彈飛射出去。

所有子彈都只轟掉把人質綑在身上的巨魔腦袋，共計十九頭。

連勇者也無法辦到，這種高威力的超精密同時射擊。

血與腦漿濺出，脖子以上炸開的巨魔們陸續倒下。

……有一槍是對準身為魔族的巨魔將軍發射，萬一管用就當作走運，子彈卻在額頭陷入半截後就停住了。實在皮厚肉韌。

「艾波納！把人質救走。」

我大喊。之前靠我一個人救不了，是因為我無法扛著那麼多人逃離巨魔大軍。

要把搬運人質的巨魔全宰掉，這點事我還辦得到。

「盧各？」

「動作快！」

臉色依然蒼白的艾波納將人質們救走。

巨魔們還想搶回人質，不過艾波納的速度快得多。

這樣一來，艾波納應該就能作戰了。

然而，代價是我在暗殺目標面前秀了一張底牌。

我不後悔。要救艾波納與人質只有這方法。

「哦，伏兵嗎？少年，將那顆信號彈射上天空的也是你吧。多虧如此，老夫的計策失敗了。也罷，改走下一計，這樣你們就死棋啦。呵呵呵。」

巨魔將軍背對我們，拔腿跑走。

從看似遲鈍的外表無法想像牠會有那種驚人速度。

而且，留下來替牠爭取時間的巨魔們都朝我們逼近。

……照先前的行動來看，敵人的目的應該是殺害勇者。對方有什麼打算？

沒時間思考了，先出手應付。

「艾波納，妳在做什麼？我們得收拾掉小兵，趕快追魔族才行。只要有那傢伙在，敵人就會不停增加。」

「嗯，我、我明白。我明白就是了。」

有意戰鬥的艾波納吐了。她在看救出的人質。

大概是剛才失手殺了人質的緣故。

她心裡還留著陰影。

……看來艾波納似乎是靠不住了。

「我懂了，妳就在那裡休息。這批傢伙由我來打倒。」

「唔嘎啊啊啊啊啊啊啊啊啊啊啊啊啊啊。」

「宰了他們啊～～～～～～～～～～～～～～～～」

如此宣言後，六十挺。我取出了數目達剛才三倍，已至操控極限的火槍，準備施展

【槍口齊射】。

這張底牌對勇者秀過一次了。事到如今，動用又何須遲疑。

◇

幾分鐘後，我設法殲滅了戰意被挑起的那些巨魔。

然而，巨魔將軍已經完全看不見行蹤。

「盧各，原來你這麼強啊。我都不知道呢。」

艾波納帶著疲憊的臉孔發出聲音。

「被逼急了才亂打一氣而已……重要的是，我們追丟魔族了。我調查一下。」

我將圖哈德之眼強化到極限以後，爬上這附近最高的樹。

接著，我望向那傢伙逃的方位。

之前牠說過有下一計……

原來如此，是這麼回事啊。

看到眼前所見的景象，我緊咬嘴脣。

「原本擴散的敵方戰力要集結於一地了。天大的陣仗。」

之前害怕被勇者艾波納擊潰而分散開的戰力正集結於一地，並且以巨魔將軍為中心，緩緩準備開始進軍。

校方也在集結戰力，準備迎擊敵人。

不用十分鐘就會發展成大會戰。那正是牠的企圖。正因為再次篤定艾波納不敢波及己方，才把戰力集中一點，企圖將局面轉為大混戰。

我把情況轉達給艾波納。

「走吧。妳不去的話，學園所有人都會被殺。」

艾波納聽了我的話也還是不動。

我拉她的手，那隻手卻被撥開。

「怎麼行，我辦不到。畢竟上那種戰場，我會波及大家，而且我作戰的技術很差。更何況，我會越來越激動，直到忘我，然後就像剛才一樣，變得什麼都看不見而動用全力，我又會失手殺人。像米蕾一樣！所有人都會遭殃，盧各，肯定連你也——」

艾波納說著就坐了下來。

「妳忘記約定了嗎？我不會死在妳手上。再說，在那之前我就會阻止妳。」

「不行的，盧各，你阻止不了我。畢竟之前不就那樣了嗎？誰都阻止不了我。我已經不想殺人了。」

她哭中帶笑地看了我的臉。

……說得也對。之前，我失敗了。明明說要阻止艾波納，我卻沒攔住她，讓塔兒朵受了傷。

我靠著深呼吸整理思緒，並做出覺悟。

再這樣拖下去，學園會被巨魔大軍吞沒。

塔兒朵、蒂雅及同學們都會被殺。

要戰勝敵人，必須有艾波納的力量。

然而，艾波納沒辦法振作起來。

這時候說得再多，艾波納八成也不會振作吧。

既然光靠言語不夠，就用行動來表示誠意。

「再一次就好，能不能給我機會？這次我一定會守住約定。其實呢，我還沒有動真格。看著吧，接下來我會證實自己強得足以阻止妳。」

我開口保證，然後疾奔。

不加任何限制，將強化施展到極限。

在堪稱無限的魔力內，我所能發揮的極限功率。超出常人十倍的魔力充盈於身，全部都毫無浪費地被用來強化我的體能。

我不再留手了。

「好厲害，盧各，這就是……你的實力。」

艾波納看到這樣的力量，就發現我不是信口開河。

可是，還不足以讓她相信我。我要以自己的全力擊潰巨魔大軍。

就算殺不了魔族，除那之外我都會設法解決。

然後，我會取回艾波納的信任。只要艾波納信任我，她就能跟魔族戰鬥。

既然是為了保護重視的事物，保護蒂雅和塔兒朵，還有跟朋友（艾波納）之間的約定，我可以毫不猶豫地亮出目前的所有底牌。

再說底牌亮出來以後，我只要再創造新的底牌就行了。

Episode22

第二十二話 暗殺者展現實力

The world's best assassin, to reincarnate in a different world aristocrat

我朝著成群魔物衝去。

艾波納則默默地跟了上來。

為了見證我做的約定，「證實我強得足以阻止艾波納」。

拔腿衝刺的同時，我就開始唱誦了。

……用正常手法作戰，不可能贏過那支大軍。

所以，我要動用自己最強的廣範圍殲滅魔法。

那一招，就是神槍【昆古尼爾】。

以弱點來說，基於上升到高度一千公里以後才開始自由墜落的性質，落在彈著點必須耗費十分鐘以上。

因此，要讓長槍精準命中一點幾近不可能。

但只要對手不是勇者級的怪物，即使沒有直擊也能夠取命。

為了打擊成群魔物，我將鎢製長槍射向天空。

靠著無窮魔力就可以不停發射。

我一面衝向敵陣，一面不停發射神槍。

來到離敵陣只剩五百公尺處，我停下了腳步。

再靠近的話，會受到【昆古尼爾】波及。

大群的巨魔與哥布林正開始進軍。

冒著風險也要將牠們引過來才行。

要是讓牠們繼續前進，會波及前面構築防線的學園同伴。

這裡就是我可以施展全力，又不至於波及己方的最後底線。

「我不會留手！」

我從腰包取出琺爾石，灌注魔力使其達到臨界。再用魔法製造弓矢，將琺爾石裝到箭上射出。

「去吧！」

以經魔力強化的體能為前提，拉滿的弓弦硬是把附有琺爾石的箭射了五百公尺遠。

那支箭命中開始進軍的巨魔陣仗最前列，隨即爆炸。

琺爾石所含的魔力，火屬性占七成，風屬性兩成、土屬性一成。

這樣的比例最有破壞力。

琺爾石炸開以後冒出火焰，勁風激起火勢造成爆發，爆壓令鐵片飛散四周。

好幾十頭巨魔與哥布林遭到虐殺。

灌注三百人份魔力引起的爆炸可不是徒有其表。

我停下腳步，接連射出珐爾石之箭。

跟第一箭一樣射向最前列。

瞄準中央應該可以殺掉更多魔物，但我的目的是拖住敵軍腳步，要牠們無法繼續靠近學園。這樣就行了。

而且，這也是在警告學園裡的那些人，叫他們別來這裡。如果有人靠近，之後的殺招將造成友軍死傷。

如我所算，魔物和學園雙方都停止進軍，而魔物大軍一面怪聲怪叫，一面朝造成這種慘劇的我撲來。

腰包裡的珐爾石用完了。

有必要從【鶴皮之囊】補充。

不過，我的殺招在那之前會先到。

「接招吧，神槍……【昆古尼爾】。」

神的長槍從天而落。

大地龜裂，形成深不見底的放射狀巨大窟窿，陸地上出現由土壤捲起的海嘯。

從遙遠彼方，自高空一千公里自由墜落，一百公斤的質量會加速至秒速四千公里，成為最強的質量武器。

美國原本有意研發這種威力更勝核武的一般兵器。

我用魔法重現以後，就成了最大最強的必殺技。

彈著點半徑一百公尺內的魔物會消失得不留痕跡，離彈著點遠的魔物也會被衝擊波、石礫、土石流壓扁。

連一發都有如此效果。

第二發、第三發、第四發，早就升天的剩餘九發神槍降臨於地。

為了讓魔物無處可逃，我計算過彈著點。

土石流從四面八方撲向魔物大軍，將其蹂躪得一隻也不放過。

「盧各，這就是……你真正的力量，這種事情……我也辦得到。」

從背後能聽見艾波納的聲音甚至混有一絲畏懼。

被勇者這麼說應該可以自豪吧。

然而，那等於把底牌秀給要殺的目標。

每動用一項能力，就會讓這名勇者變得難殺。

這我心知肚明。

即使如此，為了保護重視的事物仍必須這麼做，而且我也做出了覺悟要拯救世界，不到最後一刻絕不殺勇者。

對付小兵，我也殺得了。

但是，魔族就行不通。

除非艾波納振作，否則便無可奈何。

我想保護蒂雅、保護塔兒朵、保護這所學園。

「這樣居然還有魔物能夠存活。」

【昆古尼爾】的餘波平息後，有魔物從土裡緩緩爬了出來。

總計八頭。

看起來是實力與其他巨魔有所區別的特殊個體。

這就是傳聞中的高等魔物？

考慮到來這裡以前都沒看見高等魔物，牠們似乎就是魔族巨魔將軍的王牌。

這些傢伙應該都具備必須直接用神槍命中才會死的超凡實力。

不過，連這也在我料想之內。

我取出【鶴皮之囊】。

「【就位】。」

再取出藏在【鶴皮之囊】的砲台。

跟這一比，剛才用來救人質的火槍都成了玩具。

我用腳架把尺寸可稱為一百二十毫米戰車砲的砲台固定於大地。

巨大砲身中放的並不是磨碎而收斂過威力的琺爾石粉末，內含常人三百倍魔力的琺爾石就原封不動地填在裡頭。

試作版的大砲材質如此紮實，也沒能承受琺爾石的爆炸。

然而，這款新型不一樣。

砲膛變得更厚，合金經重新評估，還動用魔法強化，成了連琺爾石爆炸也能承受住的怪物。

由於製作過程費工，這東西無法以即時唱誦造出，但只要事先將成品收進【鶴皮之囊】就能隨身攜行運用。

這同樣是【鶴皮之囊】的優點。

「【瞄準】。」

砲台指向八頭存活的高等魔物。

那些巨魔以遲緩的動作轉向我們這邊。

牠們似乎對自己的守備頗有自信，都不採取行動閃躲。

……對防禦力有自信也是可以理解的。

雖然說只遭受餘波，牠們到底是撐過了【昆古尼爾】。

不過，那是過度自信。

「【砲門齊射】。」

砲門同時猛轟。

我將整顆琺爾石當成火藥。

換句話說，三百人份的魔力會直接轉換成破壞力。

跟當成炸彈砸向敵人不同，威力都集中在單一砲彈上面。

儘管失去了廣範圍攻擊的效能，以對付單兵的威力來說，大砲猶勝好幾級。

在靈活好使的魔法中擁有傲人的頂級威力。

如今，其火力擺在眼前。

八頭高等魔物被打穿腹部，餘波更將牠們的身軀扯成碎塊。

眼前的魔物已經全滅。

苦苦折騰全校總動員對抗的那些敵人，我一個人就蹂躪殆盡了。

我回頭朝艾波納笑了笑。

「以往因為有隱情，我把實力藏了起來。我動起真格就像這樣。讓我再重複一次那天的約定吧。我不會死在妳手裡，如果妳失控，我會傾全力阻止。妳願意相信我嗎？」

艾波納開口打算回答我。

然後……我用全力跳到後面。

巨大鐵棒朝我原本所在的位置重揮而下

揮舞那玩意兒的是魔族，巨魔將軍。

具備驚人的魁梧身軀與力量，卻能銷聲匿跡躲進土裡，並且鑽過地底冷不防地奇襲。這傢伙身為單細胞的巨魔種族，倒是很會算計。

「唉呀，老夫還以為殺得了你。小鬼頭，真是無機可乘。」

「而你則是渾身破綻。」

暗殺者不會鬆懈。

再怎麼掩飾氣息，我這眼睛看得見魔力。

早看見這傢伙從土裡接近過來了。

而且我早看得一清二楚，也就準備好反擊了。

躲過鐵棒時，我朝牠傻楞楞張開的嘴巴塞了達到臨界的琺爾石。

琺爾石在口中炸開。

這可是琺爾石的威力。就算牠身為魔族，也不可能毫髮無傷。

脖子以上都炸飛了。

然而……

「可惜，可惜，假如勇者是你，而非那個未成氣候的雌性，老夫或許就敗了。然而，你只是個凡人。」

炸掉的腦袋瞬間長回。

並不是再生能力之類的小花招。

那屬於更邪門的某種力量……這正是非要勇者才殺得了魔族的理由。

魔族雖具有肉體，但那是靠所謂的存在之力具現成形。

不將存在之力削去，肉體無論幾次都能再還原，唯有勇者出手才能削去存在之力。

「艾波納，動手！我已經展現了自己有多強，妳還是信不過我嗎？」

「可是，我——」

「你們在戰鬥中可真有空。等著後悔吧。」

對方靠巨魔特有的蠻力，將大樹般的巨大鐵棒揮得隨心所欲。

其速度超脫常軌，即使看得清也只能勉強躲過。

而且攻擊看似單調，實則不然。

正常只能揮到底的凶猛勁道，牠還能靠膂力強行將鐵棒調頭。出手難以預測，應付起來極耗神經。

假如我單純出全力，早就被對方逮住了。

之所以勉強應付得來，是因為我用藥物解除了腦部的限制。

注射特製藥劑進而解除限制，以高達常人二十倍的魔力強化體能。

這一手，原本也是準備用來對付勇者的底牌。

這種蠻幹的戰法撐不了多久。

敵人在眼前全力揮棒，明明躲過了卻被風壓逼退。

禮尚往來，我擲出塗毒的鎢製短刀，深深插進了對方的大腿。

「哦，居然有毒能讓老夫動不了。不過，只要把整塊肉連著毒素一起捨棄，就像你看到的。」

牠自己拔斷一隻腿，還能在瞬間再生並且衝過來。

實在令人生厭。

肉體的疲倦有【超回復】幫忙療癒，然而，集中力不知道能撐多久。

……這場戰鬥不是我跟巨魔將軍的戰鬥。

而是能否讓艾波納信任我夠強的戰鬥。

在變成絞肉之前，我要一直展現自己有多強，好讓艾波納願意出手。

這下子似乎累人了。

Episode23

第二十三話——暗殺者獲勇者信賴

The world's best assassin, to reincarnate in a different world aristocrat

我驅逐了幾百名敵人的大軍。

獨剩一頭而已。

明明如此，卻被迫跟絕望搏鬥。

「你不是騎士吧。手段骯髒，不留情面，有意思。這次你會怎麼殺老夫？」

巨魔將軍滿面喜色，朝我直衝而來。

從剛才我就一邊改換手段，一邊殺了牠十次以上。

砍殺、撲殺、絞殺、刺殺、毆殺、毒殺、爆殺、壓殺、燒殺、射殺。

之所以能用這麼豐富的方式殺牠，是因為有瑪荷替我準備的【鶴皮之囊】。

每一種都不管用。

牠會立刻再生，若無其事地朝我攻過來。

底牌似乎也快用盡了。

「【風檻】。」

原創的魔法唱誦完畢，魔法生效。

當中運用了操控風的魔法。

風之檻。

光聽這名字會覺得好像沒多大威力，但是問題在於風的性質。

單讓空氣中的二氧化碳充斥於劃定的空間。

被放進二氧化碳含量百分之百的空間，體內氧氣會在瞬間釋出，當場窒息。

……這也是用來殺勇者的招式。

無論勇者的防禦力多麼超凡，還是要呼吸。

那麼，或許奪走氧氣就能將其殺害。

這是為此研發的魔法，不過對魔族似乎也有效果。

巨魔將軍翻白眼斃命了。

我拉開距離，調適呼吸。

藉助藥物，在解除限制的狀態下全力戰鬥。

體力、魔力消耗甚鉅，但是對身體的傷害也很大。

儘管【超回復】提升熟練度以後，如今回復量已達一百二十倍左右，反過來說也就這種程度罷了。

一秒鐘，可以當成一百二十秒，亦即讓身體回復約兩分鐘而已。

假如用更快的速度不停消費體力與魔力，又不停傷害身體，遲早會動不了。

從許久以前，我便一直用來不及回復的打法蠻幹。

不這樣拚早就玩完了。

「第一次啊，被人用為什麼會死都不曉得的方式殺害。所以說，招式出盡了嗎？」

那傢伙理所當然地活了過來。

我細心觀察牠的模樣。

「……天曉得。如果你這麼想，大可放馬過來。」

我淺笑。

之所以嘗試各種殺害手法，有我的意圖在。

我一直在觀察對方臨死之際的反應，以及活過來的方式。

用這雙圖哈德之眼。

我打算從魔力的流向還有殺害手法導致的再生差異，看破對方不死之軀的玄機。

書籍上寫到魔族是透過存在之力獲得肉體，但我無意將那些抽象的敘述照單全收。

理應有某種規律才對。弄清楚就殺得了牠。

……我就是不死心。

假如艾波納到最後都沒有振作，我才不會認命受死。

所以，我一直在想方法獨力戰勝敵人，也有想好連那都辦不到的話要怎麼做。

照這種步調，再打五十秒就會面臨極限，對付這傢伙稍有鬆懈就死定了，因此也不能放緩步調。

看來終於得祭出最後手段了。

這一手，就是趁還有餘力先撤退，一邊隱藏氣息躲起來一邊等待回復。

然後我會回到學園，帶著蒂雅和塔兒朵逃走。

在二十秒之內下判斷就可以實行。

還剩十秒……

「你在盤算些什麼？來取悅老夫吧。」

對方帶著單方面狩取獵物的捕食者臉孔，千篇一律地拿鐵棒招呼過來。

時間到。躲掉這一棒就逃吧。

我看穿鐵棒的軌道。

然而，這一棒連躲都不用躲了。

「盧各，我認清你有多強了。」

因為朝我揮來的鐵棒被艾波納擋下了。

巨魔將軍再怎麼使勁也還是文風不動。

「你很強。但是，你攔不住我的力量……不過呢，你似乎殺得了我。跟我約定一件事，當我變成怪物就殺了我。假如你肯這麼跟我約定，我就敢施展力量。」

變成怪物就要殺是嗎？

我的臉頰上揚。

因為，我原本就是這麼打算的。

……我會跟艾波納當朋友，直到非得把她與她以外的一切放上天平的那一刻。我要找出不殺艾波納就能拯救世界的方法。

那一天，我在墓地前如此決定了。

「當著老夫面前聊天，你們可真有餘裕！」

巨魔將軍從虛空喚出另一支鐵棒，猛力揮下。

艾波納的腦門遭到重轟……斷的是鐵棒。

「吵死了。」

她將抓住鐵棒的手一揮。

巨魔將軍飛了出去，撞在石壁上。

紅色蜃景籠罩於艾波納身旁。

我認得這項技能。

S級技能，【狂戰士】。

疑為勇者的瑟坦特在司奧夷凱陸王國用過的技能。

若是男性，會有頭上長出角、肌肉隆起等肉體性質的變化，女性來用則會有紅色蜃景環繞。

「盧各，我要你殺我，這件事你能不能跟我約定？」

受【狂戰士】影響，艾波納隨時會發狂大鬧，而她硬是忍下來問我。

「我向妳約定。艾波納，假如妳變成怪物，到時我會殺了妳……有個隱藏已久的祕密可以向妳揭露。我是暗殺者，所以很擅長做那種事。」

艾波納微笑。

如孩童般的無邪笑容。

正因為她肯相信我，我才從朋友的立場自揭身分。

「嗯，我放心了。」

艾波納把目光轉向被掄往石壁的巨魔將軍。

她一步一步緩緩走去。

同時力量也逐漸增加。

紅色蜃景旺盛燃起。

而她的力量無窮無盡地逐步增長。

艾波納臉上隨之充滿瘋狂的色彩。

她握緊拳頭。

「怎、怎麼搞的，妳那種力量，雖說是勇者，也不可能有如此的力量。難不成，妳並非仿造品，而是正牌的——」

直至此時，巨魔將軍才首度焦急。

「別過來啊啊啊啊啊啊啊啊。」

牠張開大口，接連製造出巨魔與哥布林，讓牠們殺向艾波納，自己則打算開溜。

然而，巨魔與哥布林根本絆不住艾波納。

因為牠們光是觸及【狂戰士】噴湧出來的紅色蜃景，就消滅得不留半點塵埃。

……縱使我用【砲擊】，砲彈恐怕也會在接觸紅色蜃景的瞬間消失吧。連【昆古尼爾】是否有效都不好說。

走到那一步就完了。

連碰都碰不了她。

「我已經，克制不住自己了……咿嘻嘻嘻嘻，我要灌注全力，把你揍飛。」

艾波納振臂高舉。

紅色蜃景往拳頭集中。

「住手啊啊啊啊啊啊啊啊啊啊。」

「啊哈哈哈哈哈哈哈！哈哈哈哈哈哈！」

巨魔將軍的哀號與艾波納的吼聲相互重疊。

艾波納灌注全副心神的一擊尚未觸及，就讓巨魔將軍的一切遭到消滅，赤紅衝擊波

一路掃向大地的盡頭。

我把提升到極限的力量灌注在眼睛，見證了那一幕。

巨魔將軍先是肉身消滅，接著則有近似紅色寶珠的玩意兒碎開，存在就隨之消失。

……殺魔族的方式，目睹那跟自己之前動手時的差異，我終於搞懂了其中機制。

原來如此，那玩意兒有方法殺得了。

當然，並不代表我知道那顆紅色寶珠是本體，所以將它打破魔族就會死。事情沒這麼簡單。

勇者之力的特異性才是關鍵。

「幸好艾波納是往前一直線揮拳。」

假如那拳捶在大地，造成的浩劫應該會比我的【昆古尼爾】更慘。

那麼，最後的差事來了。

艾波納滿眼血絲地仰天大笑……接著下顎就挨中【砲擊】，昏過去了。

「雖然我約好要殺妳，但這次似乎不殺也沒問題。」

好險。

艾波納的眼神完全瘋了，理性根本已經被拋到腦後。

要是讓她用那種力量大鬧，這一帶都會成為荒地。

難怪她不敢認真打。

正因為艾波納剛用投入全副心神的一擊，將環繞於身的蜃景全部釋出，【砲擊】才對她管用。

……即使在沒有那片蜃景的狀態下，用匹敵戰車砲的【砲擊】予以直擊，頂多也只能撼動她的下顎，實在好笑。

不過，在這種狀況下就殺得了她。

我低頭看向暈厥的艾波納。

趁現在以【昆古尼爾】貫穿要害，或許就殺得了她。

但是，我不會那樣做。我如此決定了。

「沒想到，我也證明了自己能殺掉勇者。」

讓勇者用盡力氣並昏厥，再使出王牌就殺得了勇者。能得知這一點是收穫。

我扛起艾波納，邁出腳步。

我們要回學園。

趁艾波納還沒醒來，把擊潰巨魔大軍這件事也全部說成是她做的好了。

假如被人知道我有那種本領，事情八成又會變得很麻煩。

Epilogue

終章

暗殺者離開學園

The world's best assassin, to reincarnate in a different world aristocrat

我揹著艾波納四處張望，周遭卻是一片慘狀。

我施放的神槍【昆古尼爾】讓地形改變了。

這次是魔物在當代首度現身，學園遭受到驚人的損害。

看得見學園了。

迎接的幾名人員跑來。

那麼，該怎麼說明好呢？

◇

被逼著說明情況整整一小時以後，我得到解放了。

我把所有活躍都推給艾波納。

離開第二會面室之後，蒂雅和塔兒朵朝我走來。

她們似乎都在等我。

看到她們倆平安的模樣，我鬆了口氣。

「辛苦你了，盧各少爺。」

「這次做得好誇張呢。」

她們倆似乎都有察覺那是我做的。

「好久沒有豁出去大鬧一場，多虧如此，我打得很痛快。」

「不過，少爺這樣做妥當嗎？在勇者面前動真格。」

「怎麼可能妥當啊？」

「果然是這樣呢。」

有跡象顯示艾波納具備解析系的技能。

在不停殺巨魔將軍的過程中，我幾乎亮出了所有底牌。

那些全都變得不管用是一大損失。

「不過盧各，你並沒有後悔對不對？」

「對啊，我想保護這所學園，也想保護妳們。那是我最優先的目標。再說，蒂雅，只要有妳協助，我還能創造更強的底牌。」

我摸了摸兩人的頭。

於是，她們倆都湊過來撒嬌了。

「學園會變成怎麼樣呢？」

「我想，大概會停課。」

外牆千瘡百孔，已經不具城寨的作用。

傷患眾多，連死者都出現了。

別說停課，甚至關校都有可能。

「好可惜喔，盧各。我在這所學園過得挺愉快的耶。」

「……我也是。」

只不過，這些部分都無可奈何。

剩下的事情只能交給大人。

「總之站著講話也不方便，我們回去吧。肚子餓了呢，希望會發放餐點就是了。」

「若有萬一，請包在我身上。平常我都會把多餘食材加工成耐保存的糧食，並且藏起來。」

「咦，塔兒朵，原來妳有那麼做喔？我都不曉得耶。」

「呵呵呵，因為我以前在貧困的村子生活啊，蒂雅小姐，我很清楚飢餓有多苦。」

貴族的傭人當中，恐怕只有塔兒朵做了這種準備吧。令人欣慰。

抵達宿舍了。所幸宿舍沒事。

今天吃過飯以後就慢慢休息吧。

◇

隔天，在召集全校學生的集會上正式發表了停課措施。

學園似乎要花兩個月重建，在那之前得於自宅待命。

本來就有兩個月暑假，因此形式上等於把暑假提前。

幸好沒有關校。

讓貴族子女蒙受危險，各處應該都有抱怨的聲音出現，但因為有這所學園才及早驅逐魔物大軍，這一點似乎反而獲得了肯定。

與魔物作戰是具備魔力者的義務，道理說得通。

「放兩個月的假嗎？時間突然空下來了呢，盧各少爺。」

「正巧，我有許多事情想試。這樣剛剛好。」

我想實驗殺魔族的方法，也必須補充新的底牌。

就在回學園前的這兩個月進行吧。

艾波納走來我們這裡。

她一臉過意不去，畏畏縮縮的。

可是，感覺她有變得積極正向一點。

「對不起，我都還沒道謝……謝謝你阻止我。」

「因為我們約好了嘛。」

「要是又變成那樣，請你阻止我。」

「到時就算得殺了妳，我也會阻止。」

那是約定，也是我來到這個世界的意義。

假如只有殺掉艾波納一途，到時候就由我來動手。

不過，要在盡了全力避免讓事情變成那樣之後。

「那麼，我走嘍。」

「妳要回故鄉嗎？」

「沒有，我會到騎士團的據點叨擾。」

因為若是魔族現身，就要立刻派勇者前去吧。

「要跟妳分開一陣子了。」

「我會寂寞呢。再見。」

「嗯，再見。」

我目送她的背影。

「塔兒朵、蒂雅，我們也回去吧。」

來救援學園而晚到的騎士團已經安排好要送學生們至距離最近的城市了。

「是，盧各少爺。回去以後，我會用圖哈德的食材煮一頓大餐。」

「我啊，想將沒能帶來這裡的研究資料重新審視一遍。」

再次累積實力吧。

為了變得更強。

……還有，殺魔族的方法也非得完成。

不只是因為我想幫助艾波納。

假如無法打倒魔族，我將失去重視的事物。這是為了不讓自己為那樣的狀況後悔。

如果非得仰賴勇者的力量才能保護重視的事物，我的自尊心可不會容許。

馬車來了，我們坐進裡頭，車夫駕馬駛離。

我打開窗戶，回頭望向校門。

「我還會再回來。」

學園逐漸變小。

待在這所學園的期間不長，卻過得十分愉快。

等變得更強以後再回來這裡吧。

後記

非常感謝您閱讀《世界頂尖的暗殺者轉生為異世界貴族》第二集。我是作者「月夜淚」。

在第二集，盧各遇見奉女神之令要殺的存在，也就是勇者。

與非殺不可的對象認識以後，盧各會怎麼對她呢？敬請期待！

第二集有加強描寫，內容與小說家網站上截然不同，希望各位好好享受。

下次出的第三集，散發的戀愛喜劇氣息將比以往多一點點，同時也會逐步探究世界之謎！

宣傳

由角川Sneaker文庫出版的《回復術士的重啟人生》第六集會在同日上市。回復術士既開朗又歡樂的復仇記，雖然內容非常色又重口味，若您有興趣也請務必捧場！（註：以上為日本的資訊）

謝詞

感謝將這本書拿到手中的各位，以及與作品相關的所有人士！

世界頂尖的暗殺者
轉生為異世界
貴族 2
SEKAI SAIKO NO
ANNSATSUSYA
ISEKAI KIZOKU
TENNSEI SURU
恭喜
第2集發售!
學園生活開始了，
勇者也登場了，
真令人興奮——!!
れい亜

下集預告
Next
「盧各，我有東西『想交給你』。」
「我身為圖哈德家之人，定會暗殺魔族——」
世界頂尖的暗殺者轉生為異世界貴族
3
The world's best assassin,
To reincarnate in a different world aristocrat
敬請期待！

最強廢渣皇子暗中活躍於帝位之爭
佯裝無能的SS級皇子背地支配王位繼承戰 1 待續

Kadokawa Fantastic Novels

作者：タンバ　插畫：夕薙

網路超人氣作品，大幅加筆重生！
最強皇子暗中大展身手，支配一切！

無能萎靡的皇子艾諾特被看扁成「優點都被傑出的雙胞胎弟弟吸收殆盡的『廢渣皇子』」。然而，皇子間的帝位之爭越趨激烈，艾諾特終於決心拿出真本事。「操控古代魔法的SS級冒險者」——掩飾真身於暗中活躍的廢渣皇子從幕後支配這場帝位之爭！

NT$200/HK$67

國家圖書館出版品預行編目資料

世界頂尖的暗殺者轉生為異世界貴族 / 月夜涙作；
鄭人彥譯. -- 初版. -- 臺北市：臺灣角川, 2020.05-
冊；　公分

譯自：世界最高の暗殺者、異世界貴族に転生する
ISBN 978-986-524-042-4(第2冊：平裝)

861.57　　　　109003333

Kadokawa
Fantastic
Novels

世界頂尖的暗殺者轉生為異世界貴族 2

（原著名：世界最高の暗殺者、異世界貴族に転生する 2）

2020年10月26日 初版第1刷發行
2021年11月25日 初版第3刷發行

作者：月夜涙
插畫：れい亜
譯者：鄭人彥

發行人：岩崎剛人
總編輯：蔡佩芬
編輯：孫千棻
美術設計：吳佳昀
印務：李明修（主任）、張加恩（主任）、張凱棋

發行所：台灣角川股份有限公司
地址：104台北市中山區松江路223號3樓
電話：（02）2515-3000
傳真：（02）2515-0033
網址：www.kadokawa.com.tw
劃撥帳戶：台灣角川股份有限公司
劃撥帳號：19487412
法律顧問：有澤法律事務所
製版：尚騰印刷事業有限公司
ISBN：978-986-524-042-4

SEKAI SAIKO NO ANSATSUSHA, ISEKAI KIZOKU NI TENSEI SURU Vol.2

First published in Japan in 2019 by KADOKAWA CORPORATION, Tokyo.
Complex Chinese translation rights arranged with KADOKAWA CORPORATION, Tokyo.